春潮NOV+

回到分歧的路口

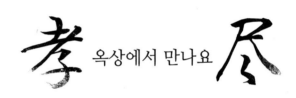

孝 옥상에서 만나요 尽

[韩] 郑世朗 著

赵杨 译

中信出版集团 | 北京

图书在版编目（CIP）数据

孝尽 /（韩）郑世朗著；赵杨译 . -- 北京：中信
出版社，2023.3（2023.6重印）
ISBN 978-7-5217-5343-1

Ⅰ . ①孝⋯ Ⅱ . ①郑⋯ ②赵⋯ Ⅲ . ①短篇小说－小
说集－韩国－现代 Ⅳ . ① I312.645

中国国家版本馆 CIP 数据核字（2023）第 026576 号

孝尽
著者： 　[韩] 郑世朗
译者： 　赵杨
出版发行：中信出版集团股份有限公司
　　　　　（北京市朝阳区东三环北路 27 号嘉铭中心　邮编　100020）
承印者： 　天津丰富彩艺印刷有限公司

开本：880mm×1230mm 1/32　　印张：8.75　　字数：110 千字
版次：2023 年 3 月第 1 版　　　　印次：2023 年 6 月第 2 次印刷
京权图字：01-2023-0134　　　　　书号：ISBN 978-7-5217-5343-1
　　　　　　　　　　定价：59.80 元

目录

众所周知，隐热

想象中的轮廓渐渐清晰，

这就成了妄想。

这个故事要怎么结束呢？巴士开进隧道的时候我嘴里嘀咕着，等车从隧道驶出时我明白了。

完蛋了。

在把它当作"故事"的那一刻，就已经完蛋了，我的论文。

像所有玩完的论文开始时那样，我坚信自己听到了只有我能听见的历史低语，我以为是这样。为了把它们拉到历史的水面之上，我承受了沉重的学费和如同住家仆人般的助教工作，相信像过河石头一样摆在我面前的史料，相信乱作一团、五彩丝线般的命运。总之我相信了学者不该相信的一切，周围人虽然也曾说过几句担忧的话，但我完全听不进去。

最初微弱的火花闪现，缘于我为了参加东亚各国关系史研讨会查找有关假倭的资料时发现的一段文字。所谓假倭，是高丽王朝末期直到朝鲜王朝时期，深受盘剥之苦的百姓假扮成日本海盗进行的烧杀抢掠行为，查找这些零星出现的相关史料很不容易。在这一过程中，我发现了这段文字：

> 穷苦百姓聚于山海溪谷之间，假称倭贼，令人悲叹！隐热及其麾下无赖之徒与之相异，网罗真倭人与清人蚕食西部诸岛，威势可惧。
>
> ——《清刀文集》

这是出生于清川江河口小城博川的武将李秉渊所著文集的一部分，当时我正在漫不经心地翻阅史料查找其他内容，还不知道隐热是谁。让我感兴趣的是，这些"无赖之徒"在近代之前居然组织了超越国界的多国集团，我对这个堪称最早的世界联盟发出了赞叹。但这一声小小的赞叹旋即变成了漫长的征程，两个夏天和一个冬天过去了，我放弃了所有业余爱好甚至乐队的练习，建宇前辈疯了似的给我打电话、来找我，表达他的愤怒，但都没有用。隐热，我的隐热，这个早已死去不在的人，我对她的认同感异常之高，有一阵子甚至连音乐都已经在我脑中静止、无法流淌。

隐热是个孤儿，但不是个普通的孤儿，她是个在洪景来之乱中活下来的孤儿，是个领导了所有孤儿们的孤儿。我偶尔会想象坐在洪景来肩头上的小隐热，当然这是绝不可能发生的，这不是符合历史的想象，想象中的轮廓渐渐清晰，这就成了妄想。在我的头脑中，那个悄悄吸收着当时进步思想、打破陈旧价值观念的少女并没有离开。是的，少女，从各种情况来看隐热应该是位女性，因为洪景来之乱后，2983名参与者除去妇女和儿童其余1917名全部被处死了。当时的隐热算是妇女还是儿童？因为不知道她准确的生卒年，就把她当作是幸存者中的一员吧，孤儿们的大姐，寡妇们的大女儿。后来隐热以海岛为中心活动，与当时民众相信洪景来会在岛上东山再起的期望有没有关系呢？

我急切地想写隐热，但这样的论文很可能会被毙掉，只是因为我的导师在休假，我才侥幸写到了现在，这已经是我硕士的第五个学期了，整整一个月我写不出一行结论，我不知道是否应该就此放弃。没人比我更了解他们是谁，我是孤独的，他们更加孤独，这个故事不会出现在任何地方。连日来，我的心情坠入了深渊，每天傍晚权且摆弄着键盘，其实我还挺喜欢数字键盘不自然的音色。

隐热的名字在史料中第一次出现，是他们以元山为据点开始活动的时候，离开黄海道前往元山很可能因为那里是港口城市，也可能是因为自由的传统民风。

> 近来西京法纪狼藉不及沿海地区，元山市井杂辈欲辱幼贼首领隐热，反遭其手下棍棒。手下人称来日不论班常，有对弱女子粗鲁者定不轻饶。此举强胜官府告示百倍，法纪混乱至何等田地，竟容一众盗贼论道？

——《西京儒生金永勋诉文》

他们以元山为中心开始海上活动的情况在日本的史料中有所记载，对马岛岛主宗家给朝鲜王朝的回信尤为引人注目。宗家四子宗四郎加入了隐热的队伍，朝廷对其去向进行追查，宗家委婉地在信中写道："四子宗四郎于去年秋末坠亡，早已办完葬礼只余骨灰，若有此意可以奉上骨灰为证。现抢劫朝鲜钱粮之海盗与对马岛毫无关系，虽然听闻其中有人和四郎相像，亦只是巧合而已，对其引起的误会深表遗憾。"

虽说此时宗四郎的葬礼已办，但对马岛的史料却出现了自相矛盾之处。四郎在家族祠堂的安葬时间是给朝廷回信的二十三年之后，据推测，四郎和隐热恰好也死于那一年，并且其家族文集上公然出现了由四郎所写的文章，标注的时间距宗家声称的四郎死亡时间已过去许多年，看来宗家没想花心思隐瞒什么。在近代以前的韩日关系中，对马岛一直采取独立大胆的路线，所以这件事也不算太令人吃惊。最重要的是，如果得不到对马岛饮用水和粮食的补给，当时隐热及其同伙的活动被认为是不可能维持的。

宗家的四郎为什么当了海盗？四郎加入隐热队伍的事实虽然清晰，但为什么没有记载？当时日本和朝鲜的关系极其恶劣，对马岛也正在渐渐失去独立地位，即便如此，也不能不说这是个戏剧性的选择。为什么会是四郎呢？故事中我们总是提到前三子，也许这就是从没在任何故事中出现的第四子的冲动，或许他只是想创造一个属于自己的故事。

要不然就是他从隐热身上看到了某种希望？

希望，或是脚踝。

跟随四郎，我不断想象着坐在桅杆上的隐热、月光还有脚踝，在玩味中这些形象渐渐得到强化，不知不觉间我嗅到了海风的味道。透过带着咸味的发丝，隐热的眼睛隐约可见，远远传来她呼唤四郎同行的声音，衣角的颜色像鲜活的生命体一样不断变化，场景时而是夜晚，时而是清晨，时而是正午。清晰可辨的唯有脚踝，这是一双干瘦且骨节粗大的脚，脚踝却十分纤细，有一种难以言说的令人心痛的美……想到这里我绝望了，难道我在研究生院里学到的只有恋物癖吗？我感到羞耻，自己离学者的水平怎么差这么多。

虽然不知道四郎实际上看到的是什么，但随着四郎和对马岛经过正规训练的兵力的加入，隐热的队伍开创了新的局面。首先他们与内陆钱粮押运被袭事件已经没有干系了，尽管对海上交通线上发生的几宗案件仍负有责任，但从表面来看他们已经转行做船只保护了。他们开始了自己的保镖业务，通过收取费用为民间船舶提供保护，后期甚至做起了官府的生意。

但是仅仅将隐热的队伍视为海上武装力量还远远不够，特别是赵沧梁和他的戏班加入后，这支队伍的性质就变得更多样化了。沧梁和隐热的相遇发生在今天的江苏省南京市，南京博物院还保存有生动的史料，描绘沧梁一生的十一扇屏风，其中的一扇表现的就是两人的相遇。综合绘画和诗歌的内容，当时的情况可以概括如下：

众女子爱慕沧梁，每当他走过都投以柑橘，所以沧梁在路上走上一回能收获一车柑橘。尽管傲慢的沧梁每次唱完戏后都会怀抱不同的女人，以至众人怨声载道，但对他的爱慕还是多于怨恨。一天，从海外来了位叫隐热的人，身高六尺，外表秀丽远胜沧梁，收获了更多的柑橘。沧梁闻此难耐好奇和愤怒，从舞台上下来连妆都没卸就找到隐热，从此甘拜下风，数年不近女色。

向爱慕的公子投以柑橘等果实是江南一带浪漫的传

孝尽

统，也许你会害怕被砸中该怎么办，其实女子是不可能使出浑身力气去猛力投掷的。总之这里应该注意的是隐热被描绘成了男性，从各种情况来看，隐热这一名字让人们关注的仅仅是她作为集团首领的职责，而更合适的解释是隐热为了方便做了男装打扮，也因此沧梁的"数年不近女色"才成了浪漫的谎言。

沧梁以充满魅惑的方式自毁形象，也搅动了南京城，自从遇到隐热后他扩大了活动半径，同时演艺生涯也达到了顶峰。拿今天作比的话，相当于用保留剧目获得了海外公演的成功，而且在毫无丑闻的情况下赚取了亚洲人的眼泪，这一时期的沧梁在屏风上被描绘成了神。如果他能就此结束自己的一生就圆满了，但从记录历代著名流浪艺人的《狼郎记》来看，沧梁在隐热和四郎去世三年后的秋天又回到了故乡，他诱惑了一个有钱盐商的独生女以至被杀，这到底是因为他好色的老毛病，还是因为他近于自残的习惯，现在已无从知晓。

说是无从知晓，其实想知道的不就只有我一个人吗？这只是段无人好奇、无关紧要的过去而已，可怜的人只有我，还在举着坟墓里的线头称之为宝贝。不仅如此，我觉得自己找到的一鳞半爪不光可以写论文，更适合召集中日韩的偶像明星们合作一部电视剧。我挖空心思地寻找着论文写作的要点，强调隐热集团收纳了三国的孤儿们，想给他们贴上民间社会福利团体的标签。但这只能是无稽之谈罢了，说到底他们是非法的团体，每次从事非法行为，他们会使用他国语言、换上他国服饰，从而恶化了三国的关系，完全称不上是守法的亚洲联盟。

我盯着毫无进展的文档陷入了绝望，于是给建宇前辈打了电话，他是我每次陷入绝境时最先想到的人。

"正孝啊，你不在的这一年半，真的发生了很多事。"

准确地说，乐队已经不像个乐队了。除了建宇前辈，其他的成员有的清醒过来找了份正经工作，有的清醒不过来奉子成婚了，有的坚持了一段时间被拉去当了兵。

"没有成员？你不是和我说，年末的时候要演出吗？"

"是要演出，歌手正在谈，其他成员也很快能找到。"

乐队是建宇前辈唯一努力在做的事，如果这能称得上是"事"的话。我偶尔会怀疑，他算不算是个反资本主义的精灵。我经常能够看到建宇前辈这种人，生在富贵之家，做起事情来就像是要阻止财富的高度集中似的，将家里的财产一点点回馈给了社会。倒不是说他不够勤恳，但不知怎么回事，他上手什么生意，什么生意就黄，从迷你高尔夫球场、吉他商店、复古踏板车改装店，到最近垮掉的精酿啤酒屋。他还不如什么都不做，就当个房东更好一

孝尽

些，但他不断地做这做那倒让我生出了一丝敬意。

乐队也仅仅是没有彻底垮掉而已，从来没有支棱起来过，每次觉得要成的时候就会碰上倒霉事。稍微有些独立音乐风格的歌手大概都不会上建宇前辈的当，我抱着观望的心态好奇地想，谁会上钩呢？

是个外国人。

他是国际语言学院的交换生池田健，出生于广岛的二十七岁青年，初次见面的那一天，我不觉带着"你的青春也要葬送在这里了"的同情望着他，建宇前辈在桌下踩我的脚。池田健对装束很在意，帽子、格纹上衣、原浆牛仔裤、装饰链，看着很精明的样子，但与长相不同的是他稍微有些傻气。

"我是'汉'国人，真的哦。"

明明平时发音很好，但为了逗乐观众他会故意拿不准调。而建宇前辈则和他一拍即合，兴奋地想要演唱梦幻剧场曲。

"梦幻剧场曲听听就行了，为什么要亲自唱？别的成员们不都因为这个跑了嘛！"

不管我讨厌不讨厌，阿健充耳不闻，索性又带来了两名外国成员。贝斯手是来自中国台湾的吴侠万，大家都戴玳瑁眼镜的时候，他戴着不大的银边眼镜，看起来倒像是台湾青春电影中的配角。凯杰来自和我们存在时差的澳大利亚，深秋的时候他穿着人字拖出现了，虽然第一印象看着不太靠谱，但他架子鼓的水平却不赖，他给人的感觉就像是邦迪海滩的冲浪手，鼓声听着不像是坐飞机倒像是在驾着波浪飞驰前行。

"呀，我们难道是个'环太平洋'乐队吗？"

兴奋的建宇前辈忙着给来自各国的成员们讲解乐队的名字，为了炫耀还算悠久的乐队历史，我们起名叫"R.dashifi"[1]，意为众所周知乐队。这个名字是为了自我介绍的时候能开玩笑着说句"我们是众所周知乐队"。前辈自认为取得还算满意，结果却不如想象的有趣，意会的人寥寥无几，新成员们也只能转过身去摇摇头。

意外的是成员们的韩语水平都不差，一来二去我甚至觉得他们比建宇前辈说得还好。

事例1：

建宇前辈：喂，阿万，你怎么才来？我们正说你呢。你成曹操了？

阿万：不是曹操，是周扒皮吧？

---

1 "R. dashifi"是韩文"众所周知"的英文转写。——译者注（以下如无特殊说明，均为编者注。）

孝尽

事例 2：

建宇前辈：呀，让你唱这个歌，怎么不听话？你这个矮西瓜。

阿健：这歌发音太难我不想唱，另外，应该说矮冬瓜，矮冬瓜！虽然我更喜欢西瓜。

事例 3：

建宇前辈：看那边，有大雁在飞！

凯杰：不不，不是大雁，那叫天鹅，小天鹅。傻建宇！

也许正是因为建宇前辈多少有些丢人的韩语水平，才使新成员进步飞快，也因此我除了学会些单词，整体的外语水平并没有提高，只是知道了几个应时应景的能用外语说的笑话。

也许隐热们和四郎们、沧梁们也是这样玩笑的。

> 九州江湖所到之处，沧梁和他的戏班在每个村庄都受到了最高的款待，家无剩碗，路上满是瓷器的碎片。歌无不尽，言无不欢。
>
> ——《九州戏言集》

透过斑驳的记录他们看起来是那么欢乐，没有目睹却说"看起来"似乎不妥，但他们确实看起来是那么欢乐。当时日本的风俗是招待贵客的时候碗碟用过一次就摔碎，沧梁们受到了宛如使节团般的招待，这时他们已经具备了专业戏班的特点，昼夜歌唱、畅谈，火把下的华丽舞台……也许是太过欢乐，他们决心一起生活下去，那次旅程结束之后便开始了定居生活。此地被统称为西岛，包括可以耕作的本岛共有四个岛，可能是梅花岛或者是长山岛、甫吉岛，或者就在多岛海附近。在官兵镇压之前，他们在这里努力经营了六年半，这期间他们的对外活动任何国家的史料中都没有记录，通过对马岛宗家文集中保存的四郎短文，可以想见当时的和平生活。这篇文章表达了对理想生活的简短感慨，虽然无从知晓他们具体的日常生活，但也能窥见他的满足和幸福。文章大意是"轮回的车轮已经不记得转了多少圈，如果能和期望厮守的人一起，直至肉身和灵魂完全消失，那就是极乐之地"。在原稿的抄写本上，四郎的文章旁另有一行小字"我如想之"，不免令人激动地想到，这是不是隐热的笔迹。

　　我和众所周知那些家伙们的日子也很快乐，一起生活也无不可，其实我们已经共同度过了很长时间，和一起生活也差不多。年底的演出一天天临近，排练却松松垮垮，晚上的时间都用来吃喝了。阿万在一家国际电动工具公

　　　　　　　　　　　　　　　　孝尽

司上班，他总是用做饭来化解讨厌的组长带来的压力；阿健最近被新加坡女友甩了，陷入了失恋；凯杰不打鼓的时候，喜欢摇晃着雨声棒唱歌，如果他的音色能像他的节奏感一样就好了，可实际上却不是那么回事。

快乐的日子里也发生过一件不愉快的事。一天傍晚凯杰喝了啤酒，忽然想吻我，这个吻来得没头没脑，我反射性地躲开了。

"阿孝，这就是个礼节性的吻。"

凯杰辩解道。我愣了片刻，自我反省着难道是我不够潇洒太保守了吗？吴侠万神经质地把菜刀往菜板上"呃"地一剁，对着凯杰叫道：

"你别胡扯了，今天先回去吧！"

那本该是我说的话，本该是我不做任何考虑脱口而出的话，我的什么地方好像被压制住了，应该发火的时候却启动了奇怪的制动装置。凯杰尴尬地走出了排练室，阿健已经醉得搞不清状况，还兴奋地跟在后面说"等等我，等等我"，建宇前辈天刚一擦黑就昏睡了过去，完全帮不上忙。第二天凯杰诚恳地道了歉，我们也就不用再重新找鼓手了。每个人的道德标准不同，朋友之间轻吻一下的乐队也有，但我不行，我们的乐队不行。

朝鲜王朝攻打隐热的海岛时，借口他们是"伤风败俗之徒"，无法对这种不严格划分家庭界限、不婚配的共同体生活坐视不管。此时近代领土观念正悄悄萌芽，这也是一个很好的例证，朝廷没有讨伐土匪时期和海盗时期的隐热，当他们要摆脱近代之前最牢固的家庭体制时却遭到了讨伐。葬送他们的居然是自由恋爱。我苦笑起来，隐热生于屠杀也死于屠杀，看到这里我从墨迹中看到了血迹，终于合上了书。

传说孩子们作为爱情的见证在屠杀中被留了下来，故事得到延续。我不知道隐热是否也有孩子，她最后爱的人是谁，可能是四郎，可能是沧梁，也可能是别的什么人。

当时不在岛上的沧梁活了下来，他将四郎的遗骸转交给对马岛，不再是数年前埋葬的假遗骸，真的遗骸回来后宗氏祠堂里才立起了牌位。隐热的遗骸没有提及，也许已被损毁到无法收拾，想到这里我伤心起来，好像是熟悉的姐姐身上发生的事情，无法释怀。

至于孩子们的去向，很可能是被带到大陆上成了谁的奴婢，也是一样的四散飘零。

排练室就在倒闭的踏板车改装店楼上，我们不知怎么天天看起了新闻。每日从早到晚锁定有线音乐节目，新闻时间一到我们就看新闻，好像是在宣称我们虽然没钱，玩个乐队也半死不活的，但仍然是有正事的成年人。每当新闻里提到原地踏步的韩日关系、澳大利亚的种族歧视等敏

　　　　　　　　　　　　　　　孝尽

感问题，大家就都沉浸在各自的想法中沉默不语了，和外在的沉默稍有不同的是，这是一种默默的沉思。

起初几次大家也争论过，有时还挺激烈的，但谁也不想一直保持激烈的气氛，他们四个人争论一番就会停下来，让我做个最终了断。学历史的人总会遇到这种深感压力的状况，我也很难让他们明白，不是学了历史就能对所有的问题有清晰的认识，只能敷衍几句：

"老实讲，历史只属于生活在当时的人，所以不要将历史当作武器，我们要彻底负责的是当下。别做民族主义者，只要在自己的国家做个好市民，一切就会有所变化。其实这样的大实话到哪儿说都很难，但现在的人都在自我解绑，也许能听得进去也未可知。"

他们四人静静地听完，统一了意见。

"如果有人问我，我也会这么说。"

傻瓜们，重点是你要这么说，会有人攻击你啊。不过每次出现敏感的新闻，我们已经不再感情用事，而是各自默默地不安起来，但我仍然不知道等到我们这一代掌握主导权的时候，所有的事情能得到改善吗？因为即使同在一个国家，大家也都好像生活在完全不同的时代。

"不过你不是说了嘛，什么时候我们散了，就算'众所周知'再来其他的成员，但现在这一刻属于我们，谁也拿不走，其他人都没份儿。阿孝说的不就是这个意思嘛！"

偶尔抖机灵的阿健总结得干净利索，我听着舒服也不住地点头。建宇前辈安慰大家，"众所周知"就到我们这帮成员为止，以后的乐队叫"也许知道"或"似知非知"。

　　也许我的行动有悖于我的想法，我正在成为本不该成为的斗士，想描述他们无法说清的性格，想当然地给他们添加上当事者完全没有的现代思想，将隐热描绘成女战士的形象，不能确定他们是不是正义的，却巧妙地给他们镶上义贼的金边，无视他们烧杀掠夺的痕迹，认为那是夸张和伪造……最可怕的是我总是忘记他们并不是三个人，而是颇具规模的集团。我反感落伍的英雄主义赞歌，却还是这么做了，而他们并不是英雄，是暴戾的、死去不在的人，是我并不了解的人。

　　空白是无法填补的，也是不能填补的，我拿不出任何结论，我嘲笑自己到底在做什么。

　　我决定再参加两个研讨会，随便找个题目，哪怕是没意思的题目也要把学位拿到然后毕业。我甚至觉得隐热们的故事以前有谁想做又放弃了，它那么充满魅力却又一直深藏不露。想法不是在人的脑中产生的，是本来就飘在空中的吧？就像鱼一样，有的想法离地表很近，有的想法则飘在对流层中，人们的天线只是一下子捕捉到了鱼鳍，所以相似的发明才会同时冒出来，相似的传说才会诞生在相距遥远的地方。

孝尽

别找我，你们还是去找别的天线吧！

我对死去的人们小声说。

稀里糊涂地到了圣诞节，我们在建宇前辈朋友位于解放村的店里进行了演出，因为认识店主，我们被穿插到了实力更强的乐队中间。由于选曲意见不能统一，最终的节目单色彩纷呈反映出了每个人的喜好，结束部分选用的是文化俱乐部乐队的曲目，串烧了从 "Do You Really Want to Hurt Me?"（《你真的想伤害我吗？》）、"Miss Me Blind"（《对我的思念会让你陷入盲目》）到 "I'll Tumble 4 Ya"（《我会为你而倾倒》），阿健真是太适合唱乔治男孩[1]了，这是个不冰冷的乔治男孩风格的圣诞。当然只要是阿健来唱，什么歌曲都不会冰冷，我们也曾考虑过圣诞颂歌，但其他乐队都在唱，幸好我们没有唱。

"最后，让我们再一次把掌声送给美女键盘手！"

虽然我说过不喜欢这种介绍，但建宇前辈是不会有什么创新的，我无可奈何地含糊着笑了笑，观众们也含糊地欢呼着，我们练习了很久，结果也就是这样了。

结束后我们先是和其他乐队一起聚餐，但因为本来就

---

1 乔治男孩（Boy George）是英国文化俱乐部乐队（Culture Club）的主唱。

不熟也没什么意思，我们几人又单独出来了。在桌角已经磨圆的鱼糕店里，大家东拉西扯了一阵，最后谈到了我处于停滞状态的论文，每人一句地插着嘴：

"不能随便写个结论吗？"

"那还叫学问吗？"

"那也太可惜了。"

"真伤心啊。"

我像是在听别人的故事一样，阿万问道：

"你没关系吗？"

"嗯？"

"写不完也没关系吗？"

虽然那不是什么问题，但不知为什么又觉得是个问题，我没有回答，只是在桌子底下轻轻握了一下阿万的手然后松开，面对他那张只有我能明白的吃惊的脸，我只当全然不知。

"你写个海盗有必要那么小心吗？死了的海盗们都笑得骨头咣当当响了，完蛋就完蛋，你现在不是和我们玩乐队嘛，还能完蛋到哪里去？人生不就是那么回事吗？"

建宇前辈一掺和，我不痛快起来。我啊呀大叫着"有钱人家的儿子懂什么"结束了酒席。

我还是写完了论文，从冬写到春，在众所周知乐队的热烈支持之下尽情地写了一回。我写道，隐热是悠久的革命精神的继承者、引领时代的女英雄和无政府主义者，再现隐热们独特的泛亚洲友谊应该成为我们这个时代的目标，我们不应该忘记，她打破身份壁垒，收留多国孤儿，创造了理想的生活共同体，试验了进步前卫的艺术形式，如果不是因为时代的局限性而触礁的话，这些青葱少年将会成为近代的先驱！

Of course, やっぱり[1]，当然。我的论文毫无悬念地被毙掉了。

我做了自己想做的，也释然了，而让我稍微不爽的是，上学期写的有关十九世纪咸镜北道矿业发展的论文却轻松通过了。为了摆脱心中的不满，我决定玩上一段时间，不在本校读博的话，也需要考察的时间，而且我太累了，迫切需要休息。休息期间我写了一段歌词，虽然不是写给乐队的，但潜意识里也许还是希望他们看见，结果大家看后一直到谱好曲子都爱不释手。众所周知乐队稀里糊涂地有了第一首创作曲，是我们都很喜欢的长篇叙事诗形式的另类摇滚，题目为"Slow Burning"（《缓慢燃烧》），在一起高喊着尾声的"fire"（火）时，大家都唱成了"拜

---

1 分别是英文、日文的"当然"。

伊尔"。每次演出的时候我们都会唱这首歌，稍显幼稚地一遍遍说明着，曾经有过这么一群人，如果他们出生在现代，也会组成像我们一样的乐队。这首歌我们想一直唱到厌倦，但大家都没有丝毫的厌倦。

完全没想到的是因为建宇前辈朋友的朋友我们登上了有线电视，这是个独立乐队的生存节目，原计划出场的乐队出了问题，我们成了紧急上场的替补。我虽然很讨厌依靠有钱人的人脉办事，不过演出费还可以，也就半推半就地去了，其实我还是有点看不上这种老套的生存节目，以为不会有什么人看。等到收视率达到出人意料的4%时，我再想抽身已经来不及了，心里希望能拿个第四名，结果得了第六名，我们的歌曲卖得一般，也有了点寒酸的版权费。钱主要用来买演出服了，最满意的是我们五个人都不约而同地选中了手工乐福鞋。

此外，还出了一个奇怪的插曲，我不知怎么成了网上流传的表情包，GIF动图一般是用来戏弄那些网络上问东答西的人，真是要多冤枉有多冤枉。事情的原委是，我们得了第六名后有个获奖感想的采访，我因为太紧张，说了一句没头没脑的话。

"那么键盘手李正孝小姐，您将来的计划是什么？"

主持人问。

"我会成为历史学者。"

我回答。

电视台的那帮家伙们在我肿胀的面孔下大大地打了一个字幕"飕~"。我只记得当时有一个短暂的静止，人紧张起来谁都可能会那样，有必要那么嘲弄人吗？但等到教授也给我发来短信时，我想死的心都有了。GIF 表情包的寿命都不长久，我只能等着它早点被遗忘，但乐队成员们却完全不配合，还在一个劲儿地用着。我确实也太搞笑了，没说"我想成为"，居然说的是"我会成为"，而且说得那么自然。

周围的实诚人总是问我，还在做乐队吗？打算做到什么时候？我虽然总是撒谎说玩键盘没什么压力，朋友们离开之前我是不打算停下来的，可能他们走了我也不会停止。众所周知乐队帮我摆脱了强迫症，乐队做不成就写歌呗，完全可以轻松地换个方向，我也从那个不断重复的有关脚踝的梦中解脱了出来。也许什么时候又会有一个宏大的、我无法驾驭的故事被天线锁定抓住了我，只要有众所周知乐队的支持那就没问题，如果写不成论文，只要能写成歌，甚至是成为一个笑谈，那也没什么关系。

所以任何时候，我们都是众所周知乐队。

请笑一下吧。

下面，我们听歌。

孝尽

我的名字是孝顺的孝、倾尽全力的尽。

我从冰箱下层取食材时，一位平时就讨厌我的前辈忽然拉开上层的冰箱门，我的额头撞在了尖锐的门角上。有人赶快递来餐巾纸，我按在伤口上忽然哭了起来，不是无声的哭泣，而是哇哇大哭，在有三十个人的嘈杂厨房里放声大哭，伤心得就像外皮裂开露出软心的牛角面包。后来那个前辈过来讨好我，但我还是觉得他忽然拉门的动作明显带有敌意，不管是有意还是无意。在他看来，我是个马上会离开的外国人、没有责任心的外国人、本质不好的外国人，即使遭到恶劣对待也总会佯装不知地微笑，但如果他真的发现我不笑，就会更讨厌我。

　　敌意。

　　无论在哪儿都没有人能对于长期的敌意视若无睹，如果有一种像淋浴一样的设备能冲掉这些糟糕的东西就好

孝尽

了，就像简易的风淋机[1]一样。

我哭着制作出来的水果蛋挞的味道让我停止了抱怨，糖粉几乎可以遮盖住一切，甚至包括人际关系中最低劣、令人生厌的部分。那天下班的时候我想起了你，我额头受伤的部位就是你脸上时常映出彩虹的位置。

每次想起你，你的额角总是映着彩虹，那是两层玻璃间隙的棱镜效果造成的，学校门口那间不算漂亮的咖啡馆，他家的玻璃偶尔会有这样的本事。每次我告诉你太阳穴处有彩虹，你总是小心地斜一下眼珠，好像那样就能看见一样，又好像不那样彩虹就会消失似的。我曾想把它拍下来，但是几年前的手机镜头还很难做到。

上次打电话的时候你说，我好像就存在于你脑中一样，你能来我这里，我也能到你那里去，我们仅仅几个月没见，你就有这样的感觉。你还说，偶尔会有奇怪的想象，我和东京都是不存在的。我笑着说，千万别任性地把东京消灭掉啊。

我们第一次来这里的时候还是囊中羞涩的旅行者，之后我又独自来过，身份也几经改变，但只要走过和你一起去过的地方，那时的日子和天气就会像字幕一样在心中飘

1　风淋机是人进入洁净室所必需的通道，可以减少人们进出带来的污染。

　　　　　　　　　　　　　　　　　　孝尽

过，那些地方虽然也和男朋友们去过几次，但奇怪的是浮现出来的还是最初和你一起的记忆。其实在首尔时也是这样，所以我的每一位男朋友都觉得你是个累赘，我和他们反复重演这一幕，否则我也不会称呼他们为男朋友们，我的人生也不会如此戏剧化，如此疲惫不堪吧。

再也找不到像你这样合适的零件了。我这样说的时候你追问了一遍，是 p-a-r-t-s 那个零件吗？本来是常用的说法，经你这么一问真成了小巧坚固的零部件了，我是说，我们就像形状略有不同却彼此契合的零件。

我现在一天只睡四个小时，你无法相信我每天都是半夜回家，凌晨四点又起床外出。我们住在一起的时候总是你先起床，偶尔你会把手指伸到我的鼻子下或摸摸我的脉搏，你嗔怪地说我睡得像死了一样，像下决心不再醒来的人，又像还未出生的婴儿似的。我的睡眠渐渐变轻了，变得像盖了也如没盖一样的薄棉被。

我六点要去银座的蛋挞店上班，很多人会排队来买，这个地方从二十世纪八十年代开始就很有名，近来其实稍微有些冷清了。代官山町这种时尚的社区是不太适合连锁店的，硬要在那里开店最终也只能关门撤店，加之分店长之间明争暗斗得厉害，我打工的这家店的店长已经换过三次了。

孝尽

这家店的店面布置得相当可爱，往里走有个可容纳三十人忙乱的厨房，里面闷热到难以忍受，但气氛却是冷冰冰的。谁一旦犯了错，当天没人说什么，第二天店长就会来找你，还不如当时就被前辈训上一顿好受呢。几天前，一个进店还不到两周的新员工无故缺勤，打电话过来说坚持不下去了，得了胃炎、肠炎、急性呼吸障碍，不干了。人员更替得这么频繁，真不知道这家店是怎么从八十年代坚持到现在的。

上午工作结束后，下午三点我会到歌舞伎町的西班牙餐厅做奶油松饼。奶油松饼并不是西班牙甜点，老板是从智利留学回来的，真不知道这是什么路数，也许他就是为了挣点外快打发时间也未可知。我看到这里在招聘糕点学校的学生所以来应聘，刚开始因为外国人身份差点没得到这份工作，现在这家店却是三个打工店中对我最好的。老板特别爱讲他做生意的艰辛，无法休息、难以为继。

做完松饼我还要去糕点学校，从一线退下来的老师们的教学虽然直观却缺乏科学性，我问他加了盐的蛋糕为什么容易烤焦，他却回答在海水浴场不就是比在游泳池更容易晒黑吗？真是莫名其妙。我虽然心里嘀咕，交这么贵的学费不是为了来听这些的，你这个老家伙。但我还是学到了很多。如果我烤出来的东西太难看，他们会严厉地斥责我："你，是不是觉得这个奶油泡芙虽然不好看但是还算

孝尽

可爱啊？一点儿也不可爱，看了就让人讨厌！"我完全能模仿出那些老师们的声音，你听不到太可惜了。

下课后我还要去河豚店干活，店里包括我共有六名打工的学生，由于河豚不好卖，最近也开始做鳗鱼，挂着"专做河豚"的招牌多少有些尴尬，但总比没有生意要强。水槽里的鳗鱼越来越多，河豚们好像有些惊慌失措，不太适应。近来我的兴趣是每天给河豚照相，河豚的脸好像小孩子，还能看出表情。起初别的打工学生非常排挤我，近来稍有好转，他们和我维持着盂兰盆节的时候找我代班、中秋的时候找我帮忙这样的关系，也不赖。老板暂时外出店里清闲的时候，主厨大叔会关照我吃个稍晚的晚餐，他问我韩国人也吃咖喱吗？我笑了，日本人对咖喱的自信怎么比印度人还强大呢？

我男朋友也在河豚店打工，外国打工学生只有我们俩，他现在因为学校太忙已经不做了。男朋友来自北京，在你的印象中东京是模糊的，对我来说从未去过的北京也是模糊的，传闻中的北京就像一幅点簇画，什么时候去一趟的话也许会发现并不是这样。他来这里是想成为一名国际律师，我因为要上糕点学校所以学了法语，男朋友学过英语和西班牙语，我们吵架的时候用日语，每当这时我都不知道自己在做什么。男朋友不太喜欢韩国，也不想学韩语，中国话我只会一句"来三瓶青岛"，男朋友问我以后想不想去北京生活，我反问道，你能接受下班回家饭桌上有三瓶青岛啤酒吗？说完我俩大笑。

男朋友的名字中有一个"柳"字，柳字的韩语、日语和汉语发音差别不大。我喜欢这个发音，喜欢男朋友白皙略长的脸，他适合戴眼镜，睡觉时若有小地震发生会把我紧紧搂在胸口，郁闷的时候会放熊猫视频给我看，这大概就是我喜欢他的原因。中国人好像一提起熊猫都很酷，其实并不尽然，偶尔看到他在漆黑的房间里盯着闪烁的显示器一遍遍地看着熊猫视频，我都会心酸。那时一定是有令人难过的事情发生了，我知道他和我一样难受，这是我们关系的基础。

我住的房子位于街边的五楼，由于抗震设计，只要有稍大型的卡车经过房子都会晃动，所以虽然累但很难入睡。你还是不相信吧，一直睡得那么死的我现在常常会醒，那些夜晚我总是浮想联翩。我会祝愿新闻中出海捕捞青花鱼却遇上金枪鱼群的渔民们能继续保持幸运，也尝试体会被瓶盖堵住喉咙窒息而死的田纳西·威廉斯最后的心情，还会哼唱不知何意的"Iko Iko"。尤其是冬天的时候，严重的豚草过敏反应让我更难入睡，连呼吸都困难，在首尔的时候没犯过，大概是东京豚草更多的缘故吧。这种草名字不好听、长得也不好看，花粉飞得到处都是，就算要遭点罪我也希望是有点情趣的草，遍地都是还叫什么

　　　　　　　　　　　　　　　　　孝尽

豚草！

　　要打三份工，不睡觉是不行的，我琢磨出了一两个办法。不断地想那些毫无关联的单词，有时可以让我再次入眠，比如大枣、拉布拉多猎犬、透明硬纱、破冰船、橡胶树、喷雾器、东正教、卷尺、菠萝、热风机、飞蛾、拖鞋……一定要毫无关联且没有规律，这样大脑才可能疲倦入睡。

　　如果还是睡不着，就反复想象给乏累的双脚穿上新鞋，一定得是柔软的新鞋，EVA 鞋底加上乳胶鞋垫，那种舒适感能让你在上脚的瞬间禁不住地连声赞叹。不断地想象把新鞋从盒子里拿出来第一次试穿的情景，你就能做个好梦，如果你睡不着的话不妨试试。

　　夜深的时候就没什么人联系我了，你是不是也是这样？只有我爸还是照旧。他只要喝醉了酒就会在凌晨给我发短信，他本来就是这样的人。我的名字是孝顺的孝、倾尽全力的尽，起这个名字就能看出他是个自私的人，给一个刚出生的孩子下这样的命令，是不是太过分了？这个名字让我根本不想主动尽什么孝。而且孝啊尽啊也不是我们这一辈的排行字，我哥哥是按排行起的名字，我是另起的。因为他我把聊天软件删了又重装，后来才发现软件还有静音功能。

　　我爸只要喝了酒，就会说"只有咱们这四乡八镇的男人才是真正的男子汉",他一贯主张其余的男人都没有筋骨、没有血性,和女孩子差不多。这话和哥哥说还行,对我这个女孩子说又有什么用呢,从小到大他一直都是这样说。

我一次也没请你到我家去,不是因为我爸,他在待客上还好。主要是因为我们那里既没意思,也没出色的风景和特产,能出去吃的饭店只有两三家,还不怎么好吃。开得最久的是一家冻明太鱼汤店,味道还行,只是偶尔鱼肉里面还是凉的。西餐店的炸猪排嚼起来就像无纺布。我和朋友们约定,最先离开村里的人要撞开那些饭店的门,大喊一声"难吃死了"然后再走,我们约了有五次了,但离开的时候每个人都是静悄悄的或者压根就没走成。难道一处值得看的地方都没有吗?啊,有一处年代久远的寺庙,高丽王朝时期结结实实地塑了一尊三国时期的佛像,朝鲜王朝时期又结结实实地塑了一尊高丽时期的佛像,在美术史上意义重大。庙后的石壁上刻有观音菩萨的浮雕,面容生硬与大慈大悲相去甚远,总是一副拒人于千里之外的表情,搞不好还会训你一顿的样子。

小时候我总在等包裹,嫁到首尔的姨妈们每次寄来表姐妹们读过的书籍时,总会顺带寄些盒装的糕点。三个姨妈在首尔并不住在一起,却都在不同的糕点店里选了有名的盒装饼干,一个是叫作某某堂的有些年头的店,一个是借用法国将军名字起的店,还有一个是当时很流行现在已经没了的连锁店。她们偶尔也会到南大门进口商店里买些外国的饼干，放假的时候我也会自己去首尔，不过这都是姨妈们和爸爸闹翻之前的事。自从去不了首尔后我更期盼那些包裹了，收到书当然也高兴，但是一打开包裹，我总是先把饼干按口味一样挑出一块来，否则爸爸和哥哥会像贪吃蛇一样一扫而光，我必须事先做到心里有数。如果包装不是纸盒而是铁盒的话，那盒子就都归我了，那些漂亮的盒子都成了我的宝贝。

饼干的味道总能让我回味许久，在回味中我不断下决心无论如何一定要到首尔去，而且从某一刻开始我不再说家乡话了，好像舌头已经提前做好了去首尔的准备。幸运的是我一次就考上了大学没有复读，滞留在村里待在家中复读真是想想就够了，我越发急不可耐。

结果爸爸不让我去上大学，我备考、报志愿、到首尔去考申论、面试都结束了，他又开始出来说事。不是因为钱，虽然上大学要交一大笔钱，但当时他刚把从爷爷那儿继承来的砖厂卖了个好价钱，手头正宽裕。他说："你哥都在两小时车程内的城市上大学也没什么不满意啊。"我不是不知道，我比哥哥学习好这一点总让他觉得是种冒犯，但我绝没想到他会这样说，"总之首尔就是不行，你明年再考，去上个可以走读的学校，而且你一定要上大学吗？"我像烤好的蛋白酥一样，惨白僵硬地坐在那里，想大闹一场却一点儿力气都没有，我知道只要爸爸打定主意找我别扭是不会罢休的，在他眼里我就不是一个完整的人，这一点我早已心知肚明。最后我给哥哥打了电话，被叫回来的哥哥替我吵了一架，虽然也就是浮皮潦草地吵了几句但说服了爸爸。哥哥起决定作用的一句话是"别人会看笑话"，小时候他一直打我欺负我，但就冲这件事，小时候的不愉快都可以一笔勾销了。

　　离开家的时候我决心过节的时候也不回来，偶尔回去几次心情不但得不到放松，反而更令我确信那里不是我的家，我的不孝从二十岁就开始了。我一入学就认识了你，我们在一起成了完美搭档。我的目标有两个，一个是尝遍首尔最棒的甜点，寻找、不放过每一处好像花朵一样应季开放又凋谢的店铺，吃遍、记住它们的特色点心和不为人知的点心；另一个就是认识那些从爸爸瞧不上的地方聚到首尔来的男孩子们。他们包装不同、内涵各异。结识、品尝，就这样我成了一个"八道"[1]收藏家，而你尽管不是计划好的，结交的却全都是没有经验的男孩子，成了"青果"收藏家，我们真是绝配啊。

　　我最喜欢的男孩来自一座岛，阿根长大的地方是个以

---

[1]　朝鲜王朝时期将朝鲜半岛全境按行政区域划分为八道，这里意指全国。

鲍鱼养殖著称的岛，他是岛上最大的养殖场家的儿子，最初我完全不知道。那是二年级的时候，我是勤工俭学的学生，还站在图书馆的入口处冻得瑟瑟发抖，你给申论班上课，学生们填满长长的 800 字稿纸的时候你在打瞌睡。

遇到阿根是刚开学的时候，我对课程表还不熟悉，记错了上课时间，已经迟到了。人行道中间偏偏有个下水井盖，我中跟鞋的后跟一下子卡在了里面，我失去重心惊慌失措又难堪地站在那里，阿根从后面走来帮我拔出了鞋跟。他未作停顿，极其快速又果断地用手拔出鞋跟就走了，效率之高好像在五米之外就已经预测到了我即将遭遇的小小厄运。如果他和我对视一下，哪怕稍露炫耀之色，我也不会对他一见钟情，但他看都没看我一眼就走了，连感谢的话都没听完整。我不知为什么就是喜欢，他根本不知炫耀为何物的宽厚又冷漠的肩膀，发际线清晰的后颈以及大大的步幅。我只是勉强看清了他手中书的书名，是当时流行的一本薄薄的励志书，如果是本稍微再酷点的书就好了。能查询到图书出借信息的地方是哪儿那还用说吗？共有四人借了那本书，男性的名字只有阿根一人，因此我知道了他的名字、专业和年级，然后又通过他们专业的其他人拿到了阿根的课程表，在一起听公共课的过程中我们慢慢捕获了他，这是场耗时一整个学期的作战。

你嘟囔着说不喜欢雄、龙、根这些散发着过于雄性气息的名字，但还是和我一起布下了那张网，每次确保我们坐到离阿根最近的位置，不情不愿地替我和阿根搭话，邀他一起做小组作业。阿根也许至今都以为我们是偶然亲近起来的，只是因为一起准备学术发言、年纪相仿才亲近的。

和他大步流星消失的背影一样，阿根的正面形象看起来也相当不错，帅气的面庞加上他浓郁的乡音更添魅力。那时候我本来听到方言会觉得很别扭，阿根的口音完全没改，其实从日后找工作考虑，他是应该早点儿改一改的。阿根无论做什么都很自然，你觉得他在这些方面没有压抑、扭曲的地方，是因为一直被关爱、无忧无虑长大的缘故。你说，像我这样满是偏差的女子遇到他这种内部结构单纯的男孩是很合适的，你居然说我有偏差，我记得当时虽然生气但也觉得这话没错。

"你一点儿都莫有理解啊"，"教授讲的你听了吗"，"真是急死个人啊"！我喜欢听阿根说话，你又很会模仿他，这总能令我们发笑。阿根放假的时候偷偷开父亲的车出去，雨天在路上翻了车，那种状况下他给还在首尔的我打电话。"咋办啊"，"咋办啊"。他拉长的声音好像唱歌一样，我没忍住笑了出来，怎么和阿根有关的所有事情都能令我高兴呢？是不是说到底还是钱的缘故？阿根的钱包里装满了现金，总是厚厚的，甚至没法折起来，也许是因为当时还没有 5 万面值的韩币，所以钱包厚得令人吃惊。鲍鱼太值钱了，是昂贵的贝类，阿根有钱但并不是对谁都施舍，他钱花得让人高兴，自带一种视金钱如粪土的气度，豪爽大气。他每天叫没钱的朋友们一起吃饭，从来没有期待过报答或者斤斤计较过，我们吃过饭后桌子上堆满了残渣，我以前吃惯了生虫的陈米，和阿根在一起才得以饱餐。

有一年冬日，阿根找到我住的地方，记不清是为了什么我伤心地先回了家，也料到他一定会找过来。第一天我坚持到最后也没有开门，阿根回去了。第二天他来了后没从出租车上下来，因为太冷了，所以就开着计价器在车上坐着。我气得骂他真有钱，不得已给他开了门，那个周末你不在。

和阿根交往时我开始做糕点，那时我已经在脑中大概完成了首尔的糕点地图，想自己动手做了。最开始我去黄鹤洞找了一个外国人家用过后扔掉的小烤箱，看起来比我的年纪还要大，而且托盘太小，一盒饼干得烤上五次才行。它只比吐司机稍大一点，而且电压不合适还得单独用一个变压器，总之不能很快烤出美味来，但我还是认真地在做。和阿根过周年纪念日的前一天，我在首尔市内地铁站的物品保管箱里藏好了饼干和礼物，为了第二天能够手拉手去寻宝。从大学路到乙支路，从乙支路到新村，从新村到汝矣岛，从汝矣岛到鹭梁津，从鹭梁津到江南，从江南到蚕室，那些糕点和我现在做的相比差很多也不好看，但阿根吃得很香，他说不分给别人，要留着自己吃，我听着真高兴。

我打算送给阿根却做失败的点心，你总是包装一下送给你的男朋友们，骗他们说是你自己做的，他们也吃得很香。清理工作你总是和我一起做，其实那些活一个人做就够了，但我们不总是两人一起吗？

阿根后来入伍，退伍后又去了澳大利亚，他邀我一起去，我没办法去。大学都是勉强读完的，哪还敢想什么语言研修，他让我空着手去就行，我怎么好意思。他说那里叫黄金海岸，不愧是阿根，连地名都选了一个那么乐天派的。他说他在学冲浪，去露营了，见到了澳大利亚著名的演员，还坐了过山车。我讨厌网络电话总是慢半拍，想着一定要去一次澳大利亚，但最终还是没去。阿根回来的时候我已经上班了，他准备找工作时我犹豫着要不要上研究生。研究生的时候，我不是也和你分开住了嘛，房间变得只有之前的一半大小，烤箱也出故障被我扔掉了，记不得是什么时候阿根和我分手了，我们都在和其他人交往。拔出卡在下水道井盖上的鞋跟这样可爱的事情总在发生，阿根也不是轻易执着的类型，不压抑也不扭曲的人也不容易执着，是吧？

　　　　　　　　　　　　　　　　孝尽

不过我们还是经常见面，换季的时候、换恋人的时候都会见一次。你还记得吧，有一回阿根第二天要面试，我们去了你家，他的眉毛长得太过浓密想让你给修一修。我的眉毛聊胜于无，最多就是画一下从不用修，修眉刀用起来手生。这次突然的拜访让你又笑又气，但还是花心思给阿根修了眉，虽然只是简单地给他调整了下形状，阿根的眼睛看起来却清澈多了。

那次面试当然没过，又过了两年阿根做了额头除毛术之后才通过，我喜欢他略显窄小的额头，但阿根在变成大众化的宽额之后才得以成为主播，以后要是变成秃头就可惜了。和阿根打电话聊起来的时候，他标准的首尔话让我很是吃惊，大学时一直没改的方言终于彻底改掉了，但奇怪的是我并不喜欢。

我最喜欢的男孩子在电视上，但我不想回去的理由不仅仅是这个，我想逃离的有很多。

在那之前我写了硕士论文，你认真读完我最终编辑成册的论文说太好笑了。我说好笑怎么成。但令我高兴的是你作为一个非专业人士能够读完它。是啊，我的论文很可笑，里面出现了野狗，出现了人死后很久尸体被破坏，有利用疫情的政客，还有日历上遗漏的东西，幸运的是专业人士读来不觉得可笑，我还在学术会议上做过几次发言。

但是那时候的氛围变得不太好，偶尔会有不安分的人进入研究生院，跟学什么没关系，每个专业都有一个这样的人，本该去医院的却混进了研究生院。我们专业也有这么一个人，感觉是个有点过分浮躁的女孩子，我对她的第一印象就是酒量不大喝得却很多。在那一年年底之前，这个后辈就用相当复杂的手法离间了教授之间、教授和助教之间、前后辈和同学之间的关系，其能量之大甚至改变了教授任命和奖学金发放的结果。如果最初她就是带着恶意行事的话，事情应该很快会败露，但她只是将自己内心的不安转嫁给周围的人，所以很晚才被发觉。这能够称得上是一个不安分的人做出的最具破坏性的行为了吧，我也是深受其害的人之一。但谎言被揭穿后还是会发挥奇怪的效力，人们身心疲惫甚至不想去恢复什么，我因此瘦了几公斤。其实这种事倒也常见，我相信现在某个地方就有完全相同的情况在发生。

　　那个时候，我还去正在交往的那人家中拜访过一次，然后分手了，时间上多少有些重合。那是我在韩国交往的最后一个男友，虽不像喜欢阿根那么深，但觉得他人很好。他在大公司上班，尽管经常又忙又累，但诚实多情，感觉还不错。他父亲早逝只有母亲健在，让我去家中拜访，我去的时候还紧张得要命。一走进他家，眼前的景象和我预想的有些不同。没有柜子，电视机就放在地上，电视前面是没叠的褥子和被子，像结草虫蜕下的外壳一样摊在那里。我偶尔会想，如果被子叠起来的话情况会不同吗，好像不会。他妈妈连打个招呼稍微过渡一下都没有，就直接谈到了钱的问题，关于她应该拿多少零花钱以及我们应该替她安排的居住环境。我穿着紧身的粗花呢套裙坐在餐桌旁，每次变换坐姿时椅子发出的声音都让我不安，不知地暖有多久没开了，我套着丝袜的脚指头冻得生疼。看来她并不是真想见我，而是因为一直担心，想明确地表态儿子攒的钱都是她的。她近乎直接地说，不明白在这么好一个公司上班的儿子为什么找我这样的学生。她不断说着令人难堪的话，那个人却毫不在意地在旁边打着手机游戏，连砰砰的音效声都没降低。我得逃。回到家只剩下我一个人时，这句话脱口而出。

我压抑着立刻想向反方向奔跑的本能，自以为分手的速度已经很慢了，但那个人却不这样认为。原本文雅的他在某个网站上公开了我的名字和照片，发帖说我在逃避，当着他寡母的面瞧不起他家穷。如果说穷，我也很穷，与其说我逃避的是贫穷，不如说是某种更阴暗不堪的东西。他用某某女这样流行的粗话定义了我。他一边在凌晨哭着打电话求我回去，一边每天发帖。脏话连篇的帖子和言辞恳切的电话之间的反差让我浑身起鸡皮疙瘩。我感到自己的名字如此常见还算是件值得庆幸的事，我换了电话号码搬了家，又害怕他找到学校里来，记得当时在校园里只要看到和他长得相像的人，心都会往下一沉。那时候对警察也不抱多大的期望……最后发展到一吃东西就吐，已经很危险了。突然暴瘦的艺人们在电视里露面的时候，他们的耳朵下面都有一处鼓起来的地方，我当时也鼓出来了一块，这好像就是经常呕吐的标志，我有点为那些艺人们担心。

你第一次见他后，很认真地思考，一句俏皮的话也没说。只是讨厌他不知哪里有种下作感。你说，在见过的我的男朋友中你最讨厌他。我为什么没有好好听你的话呢？反正我当时正处于低谷期，也没有和你好好聊过。

正当我对周遭的一切发怵时，在学术会上认识的一位日本教授联系我，问我是否愿意去日本做访问研究员。我想都没想就答应了，我原本不是一个有效率的人，出国的准备工作却推进得相当快，然而事情怎么可能那么轻而易举呢？

出国的前一周我爸打来了电话，爷爷奶奶同时生病，一直在照护他们的妈妈先累垮了。我上一次回家的时候顶撞他说，现在明明有疗养院还有疗养津贴，这样下去妈妈会得癌症的，结果我爸打了我一耳光，我再也没回去。他说我妈真得癌症了，幸运的是还在早期，而且这类癌症预后效果好，我也就放心了。然而问题是他接下来的话——

他让我回去操持家务，说我反正也挣不上什么钱，学习也要守个本分，让我回去过日子照顾妈妈。他说得那么理所当然、理直气壮，我听着刺耳，也明白了我没有那么爱妈妈，能够放下一切回去。要说这样做也算公平，以前一起生活时，妈妈对哥哥满是温情，对我则总是抱怨。我回答说下个月回去，然后下个星期就坐上了飞机，两个小时的飞行之后，我在羽田机场一边找着行李一边想，我应该为自己的心安理得感到内疚吗？如果飞得再远些，我会更安心吗？

虽然是访问研究员，但是我没有认真地做过研究，不知道为什么我心里就没想过下一篇论文。我像初到首尔一样，这次又画了东京的甜点地图，只是你不在，只有我一个人。我每次拍了蛋糕照片发给你，你总担心我的血糖。不要紧的，我每个店就吃一次，而且地图有了轮廓之后我吃的次数就少多了。我虽然比在首尔时重了六公斤，但还是没达到标准体重，可能是身体某个部位孔太多都漏出去了吧。

我在留学生聚会上听说了糕点学校，起初完全没往那儿想，但是这个念头总是冒出来。我是个不断逃避、逃避、再逃避的人，一直喜欢的除了甜点再没有别的什么了，我逃离了出生地，逃离了所属的一切集体，逃离了正常的关系。我知道有人会选择留下来战斗，即使家人们再不好也努力和他们保持联系，把当初下决心要做的事情做到底，力图改变地狱般的公司，和性格不合的恋人一再争执以维持稳定的关系。我喜欢这样的人，也想像他们那样生活，但我做不到，我只能不断地逃走。危机来临的瞬间，我就猛然转身绝不回头地逃走，准确地说在危机来临之前我就逃走了。

对邀请我的教授表达歉意后，因为文件问题又回了几趟韩国，最终我还是进了糕点学校。我在班里年纪最大，不论中日韩哪国人，这些弟弟妹妹们都来找我谈人生，我总是笑着拒绝，一个总在逃避的人有什么好谈的呢，这是我真实的想法。但是自从在蛋挞店打工，闭着眼睛也能做出水果蛋挞后就有了些变化。

我是不是有善于逃跑的能力？每个人生来擅长的事情都有所不同，对我来说就是逃走，我真的长于此道，掌握好时间和速度，在状况变糟之前、受伤之前、事情不可收拾之前逃走。一模一样的蛋挞做到三百个的时候，我已经能在心中画出水果蛋挞最后完成的样子，我对自己也变得宽容了。我不知道店里如果把我换到别的岗位去做其他口味的蛋挞，这份平常心会不会消失。

等做到五百个、一千个的时候，我记起了第一次决心逃走是什么时候。那是小学二年级，我在农村上的小学，老师和学生们之间的关系特别亲近，只有一个人与这种氛

孝尽

围格格不入，是一位整天脸上好像戴着面具一样的男老师。一天，那个老师让我跑腿去实验室把酒精灯拿过来，我虽然不是他班上的学生而且已经放学了，但我还是去取来了。我递给他，教室里只有我和那个老师，他拔出灯芯开始喝灯瓶中的酒精。他一言不发，直视着我的眼睛，我虽然又小又不知所措，但还是觉得这个场面我不应该看，匆匆告别就回家了，我记得那个下午我什么都没做。那之后的一段时间，只要看见那个老师我就躲起来，直到我升到高年级他调走之后才渐渐忘了那件事。高中学到甲醇的时候又猛然想起来，这才知道原来酒精灯里装的不是甲醇而是乙醇，否则他就瞎眼死掉了，再长大一点后我觉得他应该事先从实验室老师那里了解到了这一点。

那个老师完全可以自己去拿，也可以等我走之后再喝，但他没有这么做，他就是想伤害我，就是想让九岁的孩子铭记人生是不幸的。真是个残忍又奇怪的大人，他没有摸我但比摸了我还糟糕，他在看不见的地方留下了痕迹。我从那时开始逃走，逃离预知的不幸，我在不知不觉间给了自己暗示，一旦停下来也许就得喝比酒精还糟糕的东西。

无论走到哪儿，能看见的部分都是美好的。彩虹布艺装饰的店铺，里面的厨房是不锈钢的；用冰箱门撞伤我额头的前辈，不论是夏威夷、赫尔辛基还是号称世界上对人最友善的城市，我相信都会有这样的人。所以需要一些调整期，就像蛋挞面团的醒发期，对人来说不也需要这些吗？啊，你不懂什么是醒发期吧，面团如果醒不好的话会出孔，我刚开始干的时候就不知道会出孔，每做完一步如果不放到冰箱里醒发十五分钟，面团就会塌陷下去，百分百会产生气孔。逃到温度适宜的地方喘口气，在那里肯定会有所收获。

男朋友？对，男朋友……眼下我不会从男朋友身边逃走，你一看到他的照片就说长得像阿根，还说阿根已经和一个长得像我的女孩子结婚了。你生气地说你俩到底在干什么啊。其实只是坚持各自一贯的喜好罢了。我喜欢现在的男朋友，很喜欢，他菜做得相当好，有时会赶在我回来的时候做满满一桌中国菜。他认为灶火很重要，所以找房子时非常在意有没有四头的煤气灶，一看到电磁炉就咬牙切齿，说这个根本就做不成菜。有一回我给他做了炸酱饭，他说这种东西都是狗吃的，当天和我吵得你死我活，从此做饭都由他负责，我算是解放了。对了，是不是因为他我才胖了六公斤啊？除了对灶火和饭菜的执念，他还是很不错的，也不太会嫉妒。偶尔我接到亲近的韩国哥哥们的电话，高兴地叫他们哥哥，男朋友都会笑出声来，韩语哥哥的发音和日本小孩子的儿语"胸脯"很像。他笑着说，你叫得这么高兴干吗，你自己又没有。可惜我的汉语只够说些骂人话。逃跑的话他会是个好搭档，如果我让他

　　　　　　　　　　　　　　孝尽

收拾行李，他就只会带把中国菜刀，用那把刀他能把胡萝卜刻出花来，真厉害！

我们好久没有这样煲电话粥了，是吧？我这一路跌跌撞撞，你真是，还说像什么小说……也是，我们一起住的时候，你每天凌晨都在那儿嗒嗒嗒地敲着键盘，因为都是用指甲在敲，所以才会有那种声音，把键盘上的字都磨没了吧？你问我吵不吵？我现在说也无妨了，真是太吵了，你别再用指甲了，用手指头敲吧。嗯，如果写成小说不用特意给我看，我的神经已经很坚强了，这都不算什么，我的照片还在网上传来传去的呢，小说算什么。

什么，你要自己做水果蛋挞……我寄给你不是更好吗？装在保温箱里空运过去。如果一定要自己做的话，注意把草莓籽摘干净，有籽不好看。关键要用红色的草莓，再放上黑莓、蓝莓、树莓和覆盆子酒，覆盆子酒是用树莓制成的甜酒，和面的时候别忘了放一点儿盐。你要想好蛋挞液是用奶油奶酪、杏仁奶油还是蛋奶，把蛋挞皮烤脆，但不要膨起来，然后倒入蛋挞液，把草莓摆好再烤。有没有配方？哪儿来的配方，不就是自己琢磨出来的嘛。

我还是不放心你，你把视频打开吧。对，角度很好，我在这边帮你一起看着。嗯，我的脸色还可以吧，不是说了嘛，我在东京过得很好。

婚纱 44

只有我能感觉到的东西太多了。

那件婚纱是 2013 年 7 月加拿大国庆特卖期间，从渥太华的一个小仓库里挑选出来运回韩国的。虽然是设计师作品，但是个新人设计师，所以降价幅度较大，标牌价格 15,000 美元，最终打折价 3,500 美元。尺寸稍微有些大，但有松紧可调，从 55 到 77[1] 的人都可以穿。

1

　　婚纱好久没人选。这是件并不华丽、线条呈几何形状

1　韩国女装尺码，55、66、77 分别相当于中国的 S、M、L 号。——译者注

的婚纱，既没有手工蕾丝也不带珠子或亮片等装饰物，看起来就像用纸折出来的。正当店里后悔不该进这件婚纱的时候，第一位试穿的女子就选择了它。

"电影或者电视剧里，新娘穿着婚纱出场时不都会加些特效嘛，人瞬间就会漂亮很多。我也知道那是骗人的，但是这件怎么什么装饰都没有呢，普通得很。"

女子来的时候既没化妆也没做发型，她用一副索然无味的表情看着镜子里的自己。

"要不再试一下刚才那一件？"

"不用了，就这件吧。"

"您是第一位穿这件婚纱的人，知道吗？婚纱的寿命差不多就是穿 7 次。"

店员强调了好几次，但女子似乎对此并不是很在意。

2

"别勒得太紧，我容易晕倒……"

第二位女子属于一紧张就会迷走神经性晕厥的体质，所以挑选婚纱的时候，设计感虽然重要，但她最在意的还是胸衣处能否让她畅快呼吸。对她来说紧身的衣服是不行的，她主要试的是胸部相对宽松一些的进口婚纱，最后虽说选中了这件，但也不是十分满意。

婚礼出现了几次险情，不过好在还是顺利结束了，人也没有晕倒。仪式结束后，女子一边脱婚纱一边大口呼吸着。真要命啊，她不觉嘟囔道，听得礼仪小姐也笑了。

后来，每当在电影里看到女人们穿着婚纱或束胸衣出场，女子都无法集中于剧情，牵动她的是剧中人物能不能呼吸，她总在想演员们穿着这种衣服能坚持多久，那个年代的人到底是怎么生活的？

一旦出现有人因此而晕厥的画面，女子都感同身受：这是肯定的啦。

3

她原本没打算结婚，却因为丢了丝巾而结了婚。

那不是条普通的丝巾，而是条决定命运的丝巾，第三位女子每次戴上它的时候，都会听到很多赞美的声音。丝巾的颜色和花纹、大小和材质都与她是如此相称，天蓝色的丝巾怎么系都不减色，不论是配连衣裙、衬衫还是 T 恤都各具魅力。一天她出外勤跑了好几个地方，丝巾不知丢到了哪里，她十分伤心。

原本想再买一条一模一样的，但是离上次购买已过了三年，百货店和网上都找不到同款了，虽然还有花纹一样、颜色不同的丝巾，却不是她喜欢的。她尝试着从国外代购也失败了，女子最终只能放弃，但每次打开衣柜的时候都免不了要叹气。

女子的男朋友没有放弃，他打了许多国际电话，又写了很多封言辞恳切的邮件，终于买到了同款丝巾。整整一个月的时间，那些欧洲人都烦了，男子意识到自己有多么爱她。于是他一个人带着丝巾跑到北岳八角亭，又去两人约会过的几乎所有地方照了相，制作成影集并附上信，向女子求婚。

女子原本有很多规划，想做很多事，还计划着去国外进修。

"你想怎样生活都可以，我会努力让你达成愿望。"

女子无法不相信。

"你怎么买了两条丝巾呢？"

"怕你再弄丢了会伤心啊。"

"怎么会，你把我看成什么了。"

男子以为女子会感动得哭起来，可是女子却完全没哭，他心里虽有些遗憾，想想也就算了。

女子选中了那件婚纱，就因为它没有任何装饰。她把天蓝色的丝巾垫上纱布小心熨烫好，然后叠成腰带的样子，丝巾和婚纱非常相配，好像原本就是一套似的。

孝尽

4

　　第四位女子在结婚一个月前就开始和男朋友一起生活了，因为要租全税房[1]，日子就含含糊糊地拖了下来，也没有休假，再加上搬两次家和为结婚做准备都不是容易的事。

　　忙乱之中洗碗槽也出了问题，胶合板做的洗碗槽下面因为太过潮湿而腐烂发霉，不断有蟑螂爬出来，而且个头大得不像韩国蟑螂。叫了防疫部门上门，结果说是必须把整个洗碗槽换掉才行，女子抱怨前面的住户，大骂自称人在国外不接电话的房东，自己撒了点药了事。不管女子怎么折腾，男朋友很多时候都借口要送结婚请柬直到凌晨才归。即使看不见的时候，女子也能感觉到蟑螂的存在，于是她特意晚上加班，一旦下班早了就去咖啡馆消磨时间。在家只能马马虎虎睡上一觉，睡梦中也张着嘴紧绷着神经……女子十分生气，自己花了大价钱租的房子现在居然不想回去了，这也太荒唐了，而她更气的是对蟑螂甩手不管的男子。女子一个人承担了所有结婚琐事，她终于在结

1　全税房是韩国特有的一种租房形式，入住前一次性交给房东一笔押金，一般为房价的 60%~70%，租住期间不用再交租金，租期结束后房东将押金全额返还。——译者注

婚典礼前两天爆发了。

"如果以后的日子都和这个月一样，咱们最好到此为止。"

男子这时才意识到事态的严重，他赔礼道歉，徒手将发霉的洗碗槽拆了下来，女子顶着一张因睡眠不足而憔悴的脸穿上了婚纱。

5

第五位女子年纪还小，二十三岁，一切全凭大人们做的主。男方比她大很多，家里着急，又很"认可"她，于是女方父母就同意了还未毕业的女儿的婚事。

"年纪小，干干净净的。"

听了这话女子觉得怪怪的，是说我的皮肤吗，还是别的……她内心疑虑重重，只是没有表露出来。

6

第六位女子的后脖颈处文有文身，一个由下向上指向头部的箭头和一句玩笑话："噩梦机器"。她来店里试婚纱的时候，头发一绾起来，文身看得十分清楚，男方注视良久忽然发难道：

"你文的时候就没想到要结婚吗？难看死了，懂事的话就应该用激光做了它。"

这是女子二十五岁时文的文身，她从未后悔过，本来还想着不盘头发或者用粉底霜遮盖一下，看到男子忽然发火，反倒下定决心放弃那些稳妥的计划。

"这是我身体上最令我满意的部分，比你还令我满意！"

两人僵持了两周，在即将走入婚礼会场前，女子最后转身照了照镜子，仍然觉得文身很漂亮，和婚纱很相配。我的身体属于我，就算是结了婚我的身体也属于我，我可以随意处置，你们都看好了。

她迈着 44 名女子中最帅气的步伐入了场。

7

两人打赌要看谁的朋友来得更多，新郎本来还很自信，结果新娘大获全胜，和客人合影时都要分两拨才能照得下。第七位女子喜欢与人交往，喜欢派对，她觉得婚礼就是她办的最大的派对，婚纱也适合那个派对。

夫妻俩大概办了二十次乔迁宴，总是办完一次，就要准备下一次搬家了。

8

第八位女子是位专栏作家，当对婚后生活有所了解的时候，她自言自语道：

"现在我差不多可以写写什么是幻灭了。"

9

第九对夫妻是研究生，本来他们只想登记一下就行了，两人都是实用主义者，对婚礼不抱幻想。他们用存下来的钱在学校门口租了套两居室，布置得干净利落，两人都很满意。

可是两年过去了，双方家里从未断过反对声，都认为无论如何要举办个仪式，女方的妈妈哭，男方的爸爸叫，他俩最终败下阵来。两人原本商量好省略的所有过程最终还是要走上一遍，于是以自暴自弃的心态挑选了婚纱。

女子的专业是古典文学，她再次思考着为什么古典文

孝尽

学中的英雄们大多是孤儿，可能只有孤儿们才能真正勇敢起来吧。

10

第十位女子在婚前体检中发现得了病，缴纳违约金退掉了租好的婚纱。

11

第十一位女子希望尽可能多体验，所以婚礼策划师的提案她基本上都没有拒绝。

12

第十二位女子希望尽量什么都不做，甚至连结婚戒指都不想要，平时她连细细的素戒都很少戴。有突出装饰的戒指洗漱的时候会刮到脸，还很容易钩住针织衫，而且一旦取下来，外出的时候也不会特意想起来戴，这完全是她的喜好问题。

"但是钻戒是一定要有的啊！"

女子的婆婆完全理解不了儿媳妇，除了结婚，一辈子再也不会有买钻戒的机会了。女子虽然有明确的喜好，但并不固执，所以决定稍作妥协，她认真调查了一番，来到钟路一家便宜的小店。

"给我拿一个最小的、品质最低的钻戒。"

钟路的珠宝店老板误以为这是位穷新娘，因此当女子来买戒指时，高傲地拿出了稍高两个等级的钻戒。

"国内找不到你要的那么差的钻戒。"

女子立刻明白老板误解了她，她庆幸自己买戒指时打扮得还算简朴。

女子选择那件婚纱，也是因为它没有闪亮之处。

13

第十三位女子高兴地迎接走进新娘休息室的堂姐，堂姐一边搂着她的胳膊拍照，一边小声对她说：

"结婚后没人为你辩护，除了你自己，不行的话给我打电话啊！"

堂姐是个律师，女子听了她的话感到很吃惊，但在随

孝尽

后的生活中她理解了姐姐话中的意思。除了自己，没人为她的安危考虑，有的只是数不清的要求，能保护她的只有自己。

万幸的是她目前还不需要堂姐的帮助。

14

第十四位女子是二婚，她充满希望地想再尝试一次，看看和志趣相投的人在一起会不会有所不同。在她看来，两人的性格就像驱动婚姻这部机器的核心部件，如果一开始就咬合不上的话，机器就不会转动，也启动不了。这一回应该可以转动起来了。

女子穿上婚纱，就像穿上工作服一样，她轻松地想，就算不行的话，又能怎样呢？

15

"姐姐，婚后生活怎么样啊？"

"充满屈辱。"

第十五位女子吃惊地发现，当亲近的后辈问起这个问题时，自己居然会这么说。这虽然只是条件反射般的回答，但细细咀嚼这句话，原本还不明确的想法忽然清晰起来。

"在最幸福的瞬间也有屈辱感涌动，没人尊重我的时间、我的精力、我的决定，我人生的所有权不属于我，而是掌握在别人手中。"

"姐夫不是对你挺好吗？他人看起来也不错。"

"不是我丈夫的问题，是我屈服于这个制度并深陷其中，而且我猛然意识到，正是韩国社会在向我灌输，而我必须服从。"

"必须服从？"

"对，忽然所有人都对我说'你应该'，我长大以后已经很久没听见这句话了，但结婚后马上就会听见这些。"

"比如呢？"

"我不是和我先生通过了同一个入职考试嘛，但是家里人却对我说'你等等再去上班吧'，为什么让我等？这为什么是理所当然的？他们为什么觉得可以和我讲这些话？太屈辱了。"

第十五位女子说到这里陷入了沉思，这些事情说出口之后反倒看得更清楚了。

孝尽

16

第十六位女子穿着那件婚纱和酒精中毒症患者结了婚。男子从楼梯上滚落下来摔伤了脑袋，治疗后再次复发，还遇到过两次扒手，住了一次院。第二次治疗失败，冬天睡在马路上把嘴巴睡歪了，等到他再次住院的时候，女子终于感到过不下去了。虽然知道不怪他，是生病的原因，但还是过不下去了。

"下次再听到你的消息，应该就是讣告了。"

办完离婚手续后女子说，男子没有回答。

"别死在马路上！"

虽然婚后生活如同地狱，但这句话是真心的。

17

第十七对夫妻是爱酒人士，他们花了大量的钱在酒上，然后结了婚。婚后买酒的钱仍然多过餐费，但是家里温暖、安全，除了彼此他们也不想找其他的酒友。两人买了不错的酒柜，每一格都可以调控温度，他们只是爱酒，却不暴饮。两人天生肝脏就很强大，这一点早晚也会遗传给他们的孩子，但是一想到怀孕就要戒酒，女子暂时还没有要孩子的想法。

18

发请柬的那一天，她叫了五个朋友请他们吃晚饭，其中一人是同性恋，这位朋友忽然说：

"我不参加婚礼，也不给你红包了。"

这话虽然是半开玩笑说的，但多少也吐露了他真实的想法。

"来还是要来的啊。"

"红包你不用给，要不意思一下，给我5,000元就行！"

回家的路上，第十八位女子从红包这件小事联想到了更大的问题，她深刻认识到这个世界是多么不公平。结婚，在褪去外在的包装之后，其实就是法律、制度和保护的问题。女子的朋友就处在一个非常不公平的境地，他每次看到有关婚姻平权的新闻，都要长叹一口气。

"应该尽快审议通过生活伴侣保护法，最近我都觉得，其实我需要的不是结婚，而是受到法律保护的同居。"

一位结婚时间最长的朋友说。

"但是……我是想结婚的，我想和他在众人面前举办个仪式，也想一起和彼此的家人们来往。"

同性恋朋友难为情地把自己的想法和盘托出。

"什么？为什么？结婚又累人又土气，而且讨厌的亲戚还增加了一倍。"

已婚者的反应都如出一辙。

"不知道，可能我就是有个土气的幻想吧，我也想尝试一下，哪怕试过后再讨厌它。同居也好，走进婚姻制度也好，我只想大声喊出来，我们俩决定了要一直在一起。我们不想因为这个决定被孤立，我们想和亲朋好友在一起。"

"原来是这样啊，我没想到。"

最先说话的朋友点了点头。

"我没想到我还有特权，原来我只是盼望婚姻制度能彻底瓦解、被替代……什么时候结婚能成为任何人都可以做也可以不做的事情，到那时才会有所改变。对不起！"

"你为什么要说对不起？"

"不知道，就是对不起！"

婚礼那天在新娘休息室里，其他朋友都来了，那位朋友却没出现。女子很担心，她早就感到朋友的抑郁了，虽然社会在变，但是变得太慢，朋友已经对此厌倦了。女子心意已定，朋友即便不来也别觉得遗憾吧。

照相的时候，朋友出现了。

"对不起，我来晚了。"

"没事，你只要来了就好。"

两人握了下手，温度隔着手套久久未散。

19

女子是位自由职业者，她在要去上班的丈夫面前跳起了章鱼舞。

"让开，你这个章鱼小丸子！"

"你说什么，怎么你一句话我就缩成丸子了？"

丈夫下班的时候，她还在冥思苦想跳个什么舞好呢？

20

结婚到第三年的时候，第二十位女子不觉想到，我被自己的父母骗了吗？就因为他们说这种生活是理所当然的，所以我才一直被骗，选择了和父母完全相同的人生轨道吗？

21

结婚到第三年的时候，第二十一位女子的丈夫挖苦道：

"任何事都会让你抑郁，这该怎么活啊？你还是早点

孝尽

吃药吧，嗯？"

女子不以为意地回应说：

"我理性，所以我抑郁。你理解不了。"

22

"这么冷的天最好是脱光了抱在一起。"

女子不小心大声说出了口，她以为胡同里只有他们俩。路过的人吃了一惊，两人的脸上火辣辣的，这是一条离闹市街区不远的漆黑的胡同。

"那我们结婚吧？"

"这和结婚有什么关系？"

"结了婚就不用非得找机会见面，整个冬天不都可以抱在一起了吗？"

"是吗？"

于是两人结了婚。女子是电子书爱好者，男子像僧侣一样没有几件衣服，正好他们可以在蜗居里天天抱在一起了。

为了肌肤和肌肤间的温度。

23

虽然事前也了解过结婚意味着什么，但完全没想到婚后就背了一身的债，为了还债，她早把婚纱设计之类的事忘得精光了。

24

"天呐，你怀孕了？"

仅仅因为穿了件高腰连衣裙，来往的客户们就这样问道。结婚之后转过年来，女子就经常被问到这个问题，她一再惊讶于人们怎么这么爱越线，她想对他们说，您还没和我亲近到可以问这种问题，但每每还是忍住了。在女子看来，没有谁可以和她如此亲近，包括家人。她是个天生的个人主义者，对她来说，家里亲戚们过年过节时说的那些所谓的吉利话令她恶心，她很奇怪怎么能那么随意地聊起别人的生殖和生殖器。

更令她感到挫败的是，完全可以成为个人主义者的年轻人也这样问她，当许久未见的朋友用上一辈人的口吻深深地侵害到她的隐私时，她在心里就把这个人从名单上画掉了，她不耐烦地想，咱们到此为止吧！

亲戚朋友谁都不想见，移民的人是不是因此才走的呢？真希望一睁眼就到了一个满是陌生人的城市。

25

两人在超市门口大吵了一架。

"哇，我想学家居布置，课时费也不贵，挺好的。"

女子看着文化中心贴出的授课安排这样说道。男子突然来了一句：

"你还是学学做菜吧！"

第一次女子没当回事。

"意大利菜简单，学这个吧？"

"算了，你还是先学韩餐吧，从做小菜开始！"

第二次不能就这么算了。两人都在工作，女子能准备饭菜完全是她自觉自愿的，男子这么说就是会错意了，她本想冷静地分辩几句，但终究是忍耐已久。

"你再说一遍，你这个浑蛋！"

一番激烈的争吵过后，男子在超市门口哭了，女子没觉得有什么抱歉的。

26

男子在睡梦中失手打了女子，胳膊肘猛地撞到了她的眼眶上，眼眶青了。

"对不起，真的对不起，我梦到了僵尸。"

男子对恐怖电影是既害怕又喜爱，女子虽然能够理解但还是很生气，三天都没消气。

到了第四天女子才想明白，她不是生气而是害怕，她一直没意识到两人之间悬殊的力量差距。如果以后男子伤了脑袋或者痴呆了怎么办？他如果性情大变，打她、卡住她的脖子怎么办？各种糟糕的想象都浮现了出来。

27

女子的亲戚推荐她去听教堂里为准夫妻开办的讲座，接着男子的亲戚推荐了庙里开办的讲座，这让不信教的女子很困惑：

"怎么？难道让我去听那些肯定不会结婚的人谈论婚姻吗？"

她怎么也想不通，虽然亲戚们背后都在议论她，说她打小就是这样的孩子。

孝尽

28

平时常穿的睡衣都洗了，女子把许久没穿的黄色 T 恤翻出来穿上了，男子怔怔地说道：

"我小时候最喜欢的木偶就是一只黄色的河马……"

女子忍不住对着男子的后背捶了下去，虽然对丈夫动手不好，但是这个联想也太气人了。

29

结婚两个月的时候，两人睡觉时盖一床被子的努力彻底失败了。

"不行，咱们各盖各的吧！"

没办法，两人睡觉都喜欢卷被子。

"我们无缘盖一床被子了！"

虽说是玩笑话，其实女子还想分床、分房间睡，因为她有轻微的睡眠障碍，只是看报道说身边人的体温有益于健康，这才作罢。

30

女子和男子在法国蓝带厨艺学院相识并结了婚，朋友们都翘首期盼得到两人的邀请，他们在客人们面前展开了厨艺大比拼。

31

周末真好，热面包上涂上凉凉的果酱。
不用洗漱，各自在膝盖上打开笔记本。

32

两人在婚前曾经做过流产手术。

33

丈夫突然问她，你做过流产手术吗？

孝尽

34

第三十四位女子从小就老实，一到结婚的年龄就匆匆和身边的人结了婚，几年后她才意识到，这个作业其实不做也行。女子和小五岁的妹妹打电话，说了这样的话：

"人过了二十岁[1]就成年了，可我的心态却一直像个孩子，大家都说我不行，我就真以为自己不行呢。只有结了婚才能被当作大人，这正常吗？所以我才误以为结婚是必须完成的作业。你不要像我这样想，现在不结婚的人多了，多好啊，真后悔没等到现在。"

"你是结了婚，所以站着说话不腰疼。"

"是吗，我太自以为是了吗？"

"不知道，我也多方面考虑过，这个社会还是以已婚者为中心的。"

"社会是发展的，比想象的要快。"

"但是现在人们的态度不还是像严厉的老先生对待没完成作业的学生一样吗？"

"会打手板吗？"

1　在韩国，法定成年的年龄是二十周岁。韩国人出生即算一岁，实际成年年龄是十九岁。

"没像地痞流氓直接扇你耳光就算万幸了。"

35

第三十五对夫妻新婚期间每晚都在关心国家大事。

"新婚夫妇只关心国家大事，都没时间亲热了。"

"所以人口出生率才这么低啊！"

36

开车途中，收音机里传来有关父权制文化的内容，正在开车的男子问女子：

"你多亏和我结婚了吧？我完全不大男子主义。"

"这不好说。"

"你还能去哪儿找我这样不大男子主义的？"

"这不是你一个人能决定得了的，就比如说上次祭祀的时候，我不是提前下班过去忙了九个小时吗？你下班过来干了一个小时，只是行了几个礼、夹几块水果吃，然后就去和堂兄弟们玩了吧？"

"你的意思是说两个人都要提前下班？"

孝尽

"我是说这个时间是不断地、一辈子累积在一起的，时间长了就看出差距来了。想想不奇怪吗？这是你爷爷的祭祀，我见都没见过他，这个孝道为什么要转嫁到我身上？"

"说是转嫁也太……"

"媳妇们忙了九个小时，祭祀的时候却都不能行礼，不都直愣愣地站在后面吗？"

"几年前是想让媳妇们也行礼来着，大娘的膝盖不好……"

"不管怎么说，这就是父权制啊，你感觉不到，但我感觉得到，只有我能感觉到的东西太多了。"

两人一路沉默地听着收音机里嘉宾们的谈话回了家。

37

两人本想做一辈子的同居情侣，但因为一人要去留学，为了申请配偶签证，不得已登记结婚了。妈妈不知是忍了多久，也不期望举办什么仪式，但执意要求她照个相，女子权当是尽孝，租了婚纱马马虎虎照了相，妈妈把照片发到了朋友圈里。

出国前见朋友顺便告别，提起这个话题，大家纷纷祝贺她，女子心里别扭，解释说结婚并非他们的本意，也不需要什么祝贺。

一位同样同居了很久的朋友对她耳语道：

"喂，我也准备去登记了，结婚能提高公务员公寓的中签率。"

"你也？"

"别心烦了，不就为了那么点好处嘛！"

两人笑了，我们怎么就结婚了呢？

38

女子的父亲是国会议员，男子的父亲是将军，交礼金的队伍从婚礼大厅那一层顺着旋转楼梯一直排到了楼下。送来的鲜花太多了，上面的条带被撕下后搬走了好几拨，花又可以再送去别处重复利用了。

女子坐在休息室里，门打开的片刻，听见外边有人说：

"这样的婚礼还是头一回见，两家都可以赚上一笔了。"

是吗，这很重要吗？女子疑惑着，想起她本想在请柬上写"谢绝鲜花"，但是父亲让她删掉了。

39

结婚是最适宜曾经相爱、正在相爱的人在一起的方式。两人都属于为他人着想的温润性格，所以婚后别人很难磨合的某些方面他们都轻松地适应了下来。

只是女子有一个新的恐惧，她总会联想到男子的死亡，甚至到了一个过分的程度。一想到男子那令人喜爱的胳膊、皮肤有一天会消失不见就难以接受，这漂亮的躯体会腐烂吗？怎么能有这样的事？她能很自然地接受自己的死亡，但对男子的死亡却完全不行。偶尔男子睡觉时如果呼吸得太轻，她都要把手伸到他的鼻子下探探，也许他睡觉动静大点还会让她安心些。

"你怎么会有这样的想法，那是很久以后的事了。"男子说。

"你没有这样的想法吗？不是有人说过嘛，不幸就站在每一个看不见的拐角处，等着让路过的人吓一跳，人生就是这样不断重复的过程。这话有道理，咱俩现在已经是不幸的共同体了。"

"平安幸福地活到最后的人也不是完全没有啊！"

"就算有，可想想平均寿命，我真该爱上一个小我七岁的男人才好。"

女子唠叨着，车祸黑匣子的镜头她是不能看的。

"你别老是有这些消极的想法。"男子简单地说。

女子也希望这样，可是谈何容易。消极，爱情是消极的，成为一家人是消极的，什么都有消极的一面。如果生了孩子，是不是还会担心孩子的死亡呢？晚上睡不着的时候，女子躺在那里琢磨着越来越多的恐惧和担心。

40

第四十位女子给婆家人行礼的时候渐渐焦躁起来，这一过程拖得太久了，还没和道贺的宾客们打招呼呢。这是个夏天，从婚庆公司租来的蒙头披风和头饰也许从未清洗过，渗透着几百人的体臭味，她胃里不舒服起来。行礼、长辈祝福、接过大枣和栗子……重复了足有几十遍。天气又热，气味又让人恶心本来就已经够受的了，她终于到了崩溃的边缘。

就不该办这些，不该要行礼这些环节，穿个婚纱了事多好，不对，我为什么要答应办这些来着？大家是不是都已经走了？同学、同事、亲朋好友，还有那些难缠的人应该都走光了，他们也许会怪我都没好好到宴席中打个招呼，女子丧气地想着。

她忽然觉得桌子上铺满的食物形状怪异，看着这些她

孝尽

不知自己在干什么，办的又不是传统婚礼，怎么就弄成四不像了呢？自己最喜欢的小说不是《书记员巴托比》吗？

结婚让女子认识到自己也会向习俗低头，本来没有意义的事她是不会做的，现在她常常反省"这仅仅是个习俗吗"？

41

蒸汽熨斗坏了，熨衣服的时候总是漏水，仅仅因为漏水，她就哇的一声哭了起来。熨斗上贴有标签，上面有一行小字，"本产品已通过防漏水测试"，她悲从中来。

"荷尔蒙失调了？"

女子看了眼日历。漏水的熨斗多像人生，就算标签上写着，本人生已通过防泪水测试，还是一样会流泪。

42

两人是涉外婚姻，注册过程非常麻烦，手续更是难上加难，好不容易结束了这个艰难历程，家人们又催着她回国举办婚礼，而且是在明洞教堂举办。她带着一句话都听不懂的男子去听教义讲解，然后小声地翻译给他听，结果后排情侣"嘘"的一声，又令她伤了自尊。

婚礼当天，她穿着婚纱艰难地跪下、起身，每次站起来的时候已经紧张到僵硬的男子都会帮她整理婚纱。他不是有意识在做，紧张之中还在下意识地关照她，这一点让女子非常感动。这里不是男子的祖国，讲的不是他的语言，也不是他信仰的宗教，男子在场的家人和朋友只有为数不多的几位，韩国的婚礼基本上就是为了她才办的。就算是这样他还关心着女子的裙角，女子感到了爱意。

所以，当过于紧张的男子把结婚誓言"I will honor you（我会尊重你）"念成了"I will horror you（我会让你害怕）"时，女子并没有什么不好的预感。你不会吓到我的，你永远都不会让我感到害怕的。

她一笑而过，他又不是说英语的老外，当初让他用英语读誓言就是自己不对。

43

她喜欢咖啡，感觉只有喝了咖啡才有精神，人也会聪明三倍。

婚礼那天早上，她清晨起床先去美容院然后去典礼现场，一杯咖啡都没喝上。虽然十分希望来上一杯，但想到咖啡利尿效果太好，婚纱穿穿脱脱去卫生间也麻烦，还是忍住了。

"我们给新娘提供糕点和饮料，您现在需要吗？"

婚宴厅的工作人员走进来，拿着简单的菜单问道。

"来杯意式浓缩咖啡吧！"

女子下意识地回答，糕点统一都是马卡龙和奶油松饼。等到工作人员再次托着餐盘出现的时候，离仪式开始只剩下三十分钟了，客人们已经开始进场。女子伸手去拿那一小杯浓缩咖啡，那杯救命的咖啡。

女子没想到的是她的手套，手套是一点摩擦力也没有的，小小的咖啡杯在她的手指间一滑，咖啡从臀部一直洒到了大腿，礼仪小姐尖叫了起来。

朋友们一拥而上用湿巾擦拭，幸好还备有清洗剂，又把挂在后腰上的装饰挪到了前面，但还是能看出痕迹，这也是没办法的事情了。

"该死的咖啡！"

摄影师只能从一个方向拍她了。

44

婚纱经过特殊处理后，上次事故的痕迹基本洗掉了，不过还是隐隐约约能够看得出来，于是它作为正式婚纱的寿命到此结束。但它并没有被扔掉，而是以低价卖给了婚纱影楼。

花三万左右的价钱穿上韩服、晚礼服或者婚纱照个相，这样的影楼已经有一段时间的历史了，一度生意冷清，但随着外国观光客穿韩服到附近宫苑照相的旅游项目兴起，近来客流量又有所增加。室内摄影棚也富丽堂皇得多了，灯光变幻的假窗户、磨砂纸制的大理石柱、四季不败的梅花、古色古香的梳妆台，还有铺着泡沫塑料瓦片的韩式围墙。

客人们大多挑选的是韩服，婚纱因无人问津被悄无声息地挂在一处角落里，一群放了假和好朋友相约来照相的高中生选中了它。

"哇，看看这件，真漂亮！"

"想穿这个吗？"

"嗯，我亲戚家的姐姐前不久结婚，穿的婚纱和这件就很像。"

"那我们都穿婚纱怎么样？"

影楼工作人员帮助她们一一穿上婚纱，她们的腰围相

孝尽

对婚纱来说太细了，穿上空荡荡的，用几件无肩带胸罩垫在里面，才勉强撑得起来。

"我结婚的时候，一定要穿这样的婚纱。"

"一直到结婚我们都做好朋友吧，捧花不要给别人，就给我们几个怎么样？"

"我是绝对不结婚的。"

"绝对不结婚？"

"绝对绝对不结婚？"

"那你最后一个接捧花不就行了？"

"是啊，多简单！"

四个人哈哈大笑着，穿着寿命已尽的婚纱走出了更衣室。

幸福饼干耳朵

他说，我的耳朵上长出了饼干。

"我总是想象他出生于北非，在巴黎学习，头型漂亮，戴着精致的眼镜，在巴黎第六大学学习数学。"

"你说什么呢？"

"如果我和外国人做爱的话。"

"太'具特'了。"

"具体！"

我跟着重复了一遍，具体。对女朋友感到有些抱歉，我头型不漂亮，也不戴眼镜，没去过巴黎，学的也不是数学。

"你已经很不错了。"

女朋友安慰我说。我笑着抓住女朋友骨盆两侧像把手一样突起的骨头把她翻了过去，想着后背体位也许不会硌得慌，但却不是那么回事，她的身体轮廓总让我想起精致的、有着一层薄薄皮肤的教学用人体模型。我闭上眼睛，努力用触觉感受她，一直到最小的结构单位，感受着从系统、器官、组织、细胞、小器官直到更小的单位，希望自己也能那样四散分裂开来。

"你不能像翻方宝一样翻女孩子啊。"

等到我们慵懒地缠在一起，剧烈的心跳平缓下来之后，女朋友说道。

"方宝是什么？"

她不知哪儿来的力气一下子抬起身，从打印机里抽出一张纸，我看着她折纸的样子，没等她折完就知道是什么了。

"啊，我们国家也有。"

我们光着身子摔了一会儿方宝，最后都打着喷嚏跑进了浴室，浴室里站两个人太挤了，但水很热。

我坐公交车的时候，总喜欢坐在红色安全锤的下面。

我出生的城市车跑得不快，高速道路是外国公司建的，建完之后就慢慢地老化了，谁都没有那么着急的事。而首尔的路特别光滑，车速快得让人难以置信，每次坐上疾驰的公交车，我都怕车会冲过稀疏低矮的栏杆坠落下去。汉江很宽，很长，应该也很深，大桥维修的时候也是一边使用一边维修，车辆为了躲开施工的位置都跑着之字形。我垂下眼皮，很快就会陷入车掉进水里的想象之中，所以我总是坐在红色的安全锤下，我把前排座椅作为支撑，两脚抓地，相信就算落水只要砸碎玻璃也能逃出来，但又害怕自己做不到。有时候我想偷一把红色安全锤放在自己包里随身带着，但是一想到在这个不太欢迎外国人的国家，外国小偷更不受欢迎，还是打消了念头。

首尔很冷，冬天的气温比我长大的城市大概低 15 度，加之我住的房子条件差就更冷了。当我听说外国人宿舍正在改造时，以为只是某种区别对待不想让我住，等我看到大楼真的在装修后只能在附近随便找了个房子。那个房子太糟糕了，虽然叫半地下室，但岂止一半，差不多有三分之二都在地下，原本的大房间被隔成了两间，好在每间都有独立的浴室。我不想待在又冷又暗的房间里，于是就常在咖啡连锁店里停留几个小时打发时间，污渍斑驳的布椅温暖舒适，我坐在最不起眼的位置喝着不含咖啡因的饮料，因为我发现，原来我只要喝了咖啡，就会消化得很快，这一点在原来那个温暖富足的城市我是不知道的。我的鼻子发干，干得像只生病的小狗。

我倒不是没钱，只是不知道去哪儿买衣服，所以看起来很穷的样子，被误解伤害了几次以后，我请教同学买了好衣服穿上了。

"哥，你是石油王子吧？"

说这话的继亨不知道我来自与石油相距甚远、总要为石油操心的地区，他大概以为阿拉伯地区都是油田吧。他叫继亨，韩国人的名字太难念了，好长一段时间我都叫他基呵恩。

我拿不定主意的是先说说继亨，还是先说说我的耳朵或者女朋友，我在首尔的生活大概就可以概括为这些，三者中最重要的虽然不是继亨，但肯定是从继亨开始的。

是父亲让我来首尔进行本科阶段的医院实习的，他是建设部公务员，在韩国有很多朋友。我也稍微学过一些韩语，父亲托了几重关系把我送到了首尔，神奇的是"关系"在任何语言中表达的意思都相同。

"新阿拉伯即将到来，石油如果枯竭，最需要的就是我们这样的人。"

所以父亲把孩子们都培养成了律师、医生和外交官，在中东从事这些职业要比远东地区容易，因为真正有钱有权有石油的人是不工作的，父亲口中"我们这样的人"大概就是指干活的人。

从我小时候开始父亲就在为石油枯竭的那一天做准备，但没想到的是直到现在石油都没有枯竭。老实讲，就算真的枯竭了，这么多东西是否都会改变？如果石油消失在浮华之中，浮华难道不会留下吗？诚实不懂浮华的人真

孝尽

的就能有一席之地吗？我对阿拉伯地区特有的浮华并不那么讨厌，在阿拉伯地区还没有数据网络服务时，大家使用的就是最高级的智能手机，一切都是如此，我永远适应不了却并不讨厌，在我出生的地方到处都是游荡的族人。

不管怎么说，我在首尔的大学医院——尽管不是最好的也算是中等的大学医院待了两年，同学们大概马上都看出我是走了关系进来的，他们没能掩饰住自己的惊讶，患者们就更不用说了。他们本来就不愿意让实习生们用注射器扎来扎去的，况且还是个阿拉伯人，虽然也可以称之为偏见，但更准确地说是相互间本来就无好感，中东人认为远东人是长得溜光水滑的自大狂，远东人把中东人看成是油腻的骗人精。

有一次我没躲过去，稀里糊涂地被叫去聚餐，一个问题嗖地甩了过来：

"你怎么看待荣誉杀人？"

教授目不转睛地看着我问道。我大脑一片空白，正常在问重要的问题之前不是需要稍微过渡一下吗？我不知道是不是应该说我的姐姐们不戴面纱，她们受过教育，都是自由恋爱结婚的，我连动她们一根手指头的念头都没有；还是说我们国家的状况要比周围邻国好很多；要不就说虽然已经颁布了最高刑罚，但荣誉杀人还是层出不穷，我为此感到愧疚和绝望，理性的时代永远不会到来；要么就说如果个人能为一个文化圈的罪恶代言，我想反问一下韩国男人是否该为东亚男人的罪恶负责……我不想被混为一谈，即便实际上是一体的。我有些头晕，"我认为这很不好。"

在烧死几百个脑细胞之后我这样回答，那位教授露出了非常失望的表情，虽然他应该稍微掩饰一下自己的失望，但是好像只要当了教授，就连自己的感情都不会掩饰了。

"未来十年中东的局势会如何发展？你是怎么看的？"

对于另外一个教授的问题，我也没有令他满意的答案，就算有，以我当时的韩语水平，也不可能长篇大论地说出来。

"教授，我连下周的日程都不清楚呢。"

也许我的话太过诚实，不仅坐在我对面的教授，其他的教授们也都直愣愣看着我，只有几个学生微微一笑，继亨就是其中的一个。过了一会儿，继亨端着空酒杯坐到了我旁边的座位上：

"你是叫伊斯马尔吧？"

我们不咸不淡地聊着天，在过去六个月的时间里只有听力水平有所进步的我，以那一天为起点，口语也得到了提高。自那之后继亨总是叫我"斯马尔·李"，虽然我并不乐意，是的，我已经能够使用"乐意"这样的词汇进行

孝尽

高级对话了。

"斯马尔兄，我放假要回家，你想和我一起去吗？"

"你家不是在'瑞草'吗，为什么说要放假回去？"

继亨又大笑起来。

"我家不在'瑞草'，是在束草，你听错了吧？"

首尔之外的韩国地图我是没数的，其实我脑中的首尔地图也仅接近于地铁线路图。

继亨的父母听说外国人要来还有些紧张，但我一说韩语他们就放心了，不过要听懂继亨父母的话却很困难，语调和首尔话有些不一样，继亨告诉我他们的方言和朝鲜话很像，令我感到很新奇。

"你很会用筷子啊！"

每次吃饭的时候我都能听到这样的夸赞，好像是有这样的说法，在非东亚地区吃生鱼片或者用筷子是有教养的证明，所以我们家很早就开始去日料店。来了这里才发现那其实不是真正的日餐，而是中日韩餐混合的料理，我们谁都没有品尝过正宗的味道。

到达束草的当天，继亨带我去了港口上的油炸一条街，油炸店鳞次栉比，但只有一家排着长队。

"这家做得最好。"

我点头同意继亨笃定的判断，站在了队尾。大虾、小虾、剥壳虾……菜单单一又颇为复杂，继亨还配了炸鱿鱼，豪气地点了很多才算满意。

"怎么样怎么样，好吃吗？"

继亨眨着眼睛等着我对家乡的炸虾做出评价，我却无法轻易给出太好的回应，就我的体验来讲只能说"虾条真是和炸虾的味道很像"，虾炸得特别松脆，与其说是菜，不如说是零食更合适。

第二天，我们去了束草最有名的面包店，感受到了和首尔华丽的面包店不同的氛围。我接过号称特产的栗子饼干，又受到了一种新的冲击。

"不是栗子饼干吗？看着像栗子，里面怎么是'红兜'？"

"不是'红兜'，红豆，红豆，你说一下，红豆！里面放的是红豆沙，好吃吧？"

原来韩国的点心有名副其实的时候，也有名不副实的时候，这就是我第二天的感受。

"哥，你想打工吗？"

"打什么工？"

"我叔叔有个饼干工厂，让我去帮几天忙，工钱不少。"

继亨的眼神充满善意，我如果说手头是有点紧但也不急用钱，那就太不会做人了，而且在我的想象中，饼干工厂不过就是个稍大点的面包店，于是就同意了，我们的关系还没亲近到能拒绝的程度。在束草又逛了一天后，我们坐上沿着海岸公路行驶的巴士去了庆尚北道，庆尚北道啊，其实能多看看韩国也挺好的。

到了那里一看，饼干工厂果真是个工厂，与饼干的轻松快乐完全不相干。我和继亨只是简单地在外面帮忙干点装车的活，而生产线上的人们则从头到脚都捂着防尘服，干活的地方连个窗户都没有，一旦进去不知道什么时候才能出来。继亨叔叔把我们介绍给大家，他不知怎么想的，可能还以为工厂的其他外国工人和我语言能相通吧，但我们只是在韩国人眼里差不多罢了。从彼此相隔几百几千公里的地方各自来到这里，最多也就是模棱两可地看一眼对方而已，路上遇见了也不可能搭话，而且我是打工的外国学生又是社长侄子的朋友，那就更不可能了。

这里我首先要解释的是，那个工厂是有十六年历史、能给屈指可数的糕饼企业提供高品质产品的外围工厂，是获得了HACCP认证的高水平工厂。刚开始我问继亨HACCP怎么读的时候，他回答说读成"海瑟珀"，我还以为他在开玩笑，在我听来就像某位嘻哈圈内人士。不管怎么说，高水平的车间里也随时可能发生事故，而且一旦发生，十六年的安全生产就归零了，我本该懂得就算是生产饼干这样轻松又不重要的产品，工厂也总是危险的。但当时的我年轻又缺乏经验，完全想象不到就算没有大事故也常会有小事故，在洁白耀眼的防尘服之下又掩盖了多少小的伤害。自动炸锅和包装机比我看到的要危险得多，我想象不到也很自然，我以为自己搬几天箱子就回首尔了，我的身份介于打工学生和观光客之间，也没必要想象。

事情进展顺利的话，所有的一切都像齿轮一样咬合良好，如果不顺就会完全错位，事故的发生经历了三个阶段，就像邪恶之手设计的多米诺骨牌。在进行简单的管道焊接时，火花进到了包装材料上，引爆了连接到冰糕仓库的氨气管，接着，一半装有面粉的筒仓因过热引发了粉尘爆炸。虽然事故达到了饼干工厂可能发生的最糟糕的程度，但万幸的是冰糕仓库着火的时候大部分职工已经逃到了工厂外面，继亨运气好给叔叔跑腿去了，我落到了出逃队伍的最后边。不是其他人顾不上管我，应该说是我没意识到事态的严重性，让别人跑到了前面，等到爆炸声响起，我感到后背和耳朵发烫的时候才有些后悔了。

等我再跑远些才明白耳朵为什么发烫，不是两个耳朵，是一侧耳朵，远处飞来的碎片炸飞了我半个耳廓。人们看到我被血打湿的肩头大叫起来，刚开始我还以为他们在发火，我大概估算了一下流了几毫升血，并不是我能冷静到那种程度，而是在冲击之下有些反应迟钝了。据说我被抬走后，又过了好长时间大家才平静下来，灭火之后他们又努力想找到我被炸飞的耳廓，姗姗来迟的继亨又是

　　　　　　　　　　　　　　　　孝尽

自责又是发火，来来回回地找我的耳朵，最后还是没能找到。找到又有什么用呢？最近我还想象着我的耳朵像漫画主人公一样，沿着海岸公路在独自旅行呢。

当然很疼，虽然疼……我更害怕的是将来回国后家人们的责备，为什么要干那种事？为什么不知道拒绝，稀里糊涂地让自己受了伤，现在耳朵伤成这样怎么办啊？

我能在职业环境医学科的实习中得到 A+ 的成绩，看来还是因为这次事故，我的实习和报告都做得一塌糊涂，但不知怎么得了最高分。我耳朵缠着绷带回答怎么受伤了的时候，完全没想到会得到同情。

"不是挺出名的嘛。"

"什么？"

"职业环境医学科和预防医学科的教授，有很多赤色分子。"

"赤色分子是什么东西？"

"说'是什么'更合适，这是打趣的话，源于战后的理念冲突……"

继亨开始对韩国现代史进行长篇大论的讲解，其中大概也包含了很多错误的信息。

"反正现在只要是有进步倾向的人，全都这样称呼。"

"职业环境医学科和预防医学科是进步的？"

“他们很多人考虑的不是自己小集团的利益，而是集体的利益。”

继亨笑了，大概对自己的讲解很满意。我受伤后他总是笑得很勉强，我还安慰了他好长时间，受伤的人是我，你为什么笑不出来呢？集体利益，利益。我不断在嘴里辍辘着新学到的单词。

那时候，耳鼻喉科和美容科的教授们还分别给我看了一次，好像想给我做个新耳朵。功能检查时也没什么大问题，奇怪的是伤口就是长不好，一直感到很疼，我实习很忙，也讨厌别人的关注，就让继亨给我换药。

一天，继亨说道：“哥，耳朵好像长出来点了。”

什么，韩国人都是傻瓜吗？耳朵怎么可能重新长出来？

我不由得有些反应过度，但照镜子一看还真的长出来点，耳朵边缘处长出了褐色的碎片。

“像是不太正常的皮肤角化。”

住院医师看过后不以为意地说道。但是几天后耳朵又长出来些，被炸飞的那一半重新长出来了，为了保护新耳朵，我睡觉时总歪向另一侧，它虽然脆弱容易掉渣，但是差不多已经长出了耳廓的形状。耳朵热辣辣地发痒，有时还针扎似的疼，但我真高兴。

“呵，呵呵。”

住院医师吃惊地带我去见教授。

"长出来了？这是什么？"

"做个组织检查，把他安排在前面。"

几小时后，住院医师更是满脸惊奇：

"这个……据说不是生物组织……"

"那是什么？"

"他们也不清楚，已经送往院外实验室了。"

"需要几天？打电话让他们快点，你们干活去吧！"

教授挥手让我们走了。

等结果的那几天，耳朵又长出来点。教授把我们叫过去后，一脸愁云惨淡的样子，我又学会了"惨淡"这个词。

"怎么说呢……"

继亨紧张得往前倾着身子。

"是煎饼。"

站在教授身后的住院医师、实习医生们都目光涣散，我再次问道，我知道"病"字的意思，但前面的"煎"是哪个煎呢？继亨也是一脸蒙，完全不明白的样子。

"哎呀，是煎饼！"

最后一个和气的实习医生小声嘟囔了一声"饼干"，继亨的屁股从椅子上弹了起来，饼干？

"别太担心，具体的还不太清楚，不过乌克兰有过类似的病例。那个病例不是耳朵，是鼻子，好像在软骨处，反正我已经把那个病例报告委托给翻译公司了，你们等等看吧。"

"乌克兰……"

"小麦产区，是粮仓地带，这个病叫臀软骨综合征，你可以记一下。"

教授说话时，他的表情看起来毫无底气，在医科大学里我学得最好的就是医生们撒谎时的表情。看我无法接受，教授又重复了几遍那个奇怪的解释。

他说，我的耳朵上长出了饼干。

或许是因为紧张，我每天醒来时总是保持着入睡时的姿势，醒来的时候总能听见隔壁女孩呕吐的声音，她老是差不多在同一个时间呕吐，让人担心她的身体是不是有什么问题。

因为是一个房子隔开的两间，我们的电费和水费都需要对半分，再怎么想这房子也是太差了。女孩比我先住进来，每次缴费通知来了，她就在便利贴上写好一半的金额贴在我的玄关门上。我们中间只隔着薄薄的一堵墙，我听到她的动静，等她在的时候就把钱拿过去，2640元、3080元，还要费心地把零钱备好。女孩的便利贴上经常写着注意别感冒、晚餐愉快、祝你这周愉快等亲切的语句，因此在走廊上遇见了，我也会笑着和她打招呼。

燃气费是分别缴的，不知她是不是也用得节省，每到寒冷的周末，她也经常出现在我几乎天天去的连锁咖啡店里，那时我们会互相点头示意一下。

一天，我多管闲事地向女孩搭话：

"你身体还好吧？"

女孩吃惊了片刻，立刻明白了我的意思，我问的是她呕吐的事。

"啊，没有什么大毛病，我对大豆过敏，生下来就这样。"

"大豆？"

"韩国人如果对大豆过敏就太头疼了，很多菜里都有大豆，而且大酱、酱油不都是用大豆做的嘛。我没什么能吃的，不管多小心，稍不留意就会莫名其妙地吃到，然后就发烧、发痒、起疹子、浮肿，折腾一晚上，早上还会呕吐。吵着你了吧？"

我说没有，就是有点担心。女孩瘦得吓人，韩国的饮食想要避开大豆确实很不容易。

"我父母原来不知道，断奶的时候还喂我豆奶，真不知有多危险，现在还有疤呢！"

女孩大方地卷起袖子，让我看她的胳膊。

"越是这种体质，越应该勤快点自己做菜、带盒饭上班，我因为懒……"

原来是这样。新年后没多久，女孩被送进了急诊室，一眼看去她的状态很不好，也许是我下意识做出了那副医生的表情，女孩像为自己辩解似的，掏出一个小号的绿茶聚酯瓶递过来。

我顺着女孩尖细的手指尖慢慢读了起来，上面的句子很好懂：

"本产品与使用牛奶、大豆、小麦、土豆、虾的产品在同一设备中生产……"

我开始为女孩做饭这事确实有些夸张了，按韩国人的说法，不是多余而是太夸张。要找个理由的话，就是当时我也吃腻了医院的食堂，而且家里寄来的食材堆积如山连包装都没拆开太可惜了。

我打开最上面的盒子，是鹰嘴豆，于是又默默地封上了，如果做成豆泥吃的话，女孩说不定会死，花生当然也照样封了起来。幸亏其他的盒子里有藏红花和很多能用的东西，酸乳酪沙司我马上就能调出家里吃过的味道，我有些怀念炭炉和橄榄油了。

我用便利贴邀请女孩，做了洋葱、花椰菜、鸡肉和羊肉招待她，让我吃惊的是韩国的花椰菜太贵了，但菜里又少不了它。我直接给女孩示范了几种酱汁的调制方法，她

孝尽

感到很新奇，说自己从没吃过，而且她很喜欢羊肉。我把菜谱递给她，女孩认真地接了过去，但我从她的脸上看得出来她不会真的做着吃的。我为什么总能看穿谁在撒谎呢？这真是个令人疲惫的本事。

后来我们连便利贴也用不着了，两个房间之间的墙壁很薄，家里是否有人仔细一听就能知道。饭快要做好的时候，我敲下墙就行了，女孩答应一声我就告诉她菜单，她听了菜名，虽然并不知道是什么菜，仍然会马上跑来而且吃得很香。

女孩最后成了我的女朋友，因为吃完饭不可能马上离开，于是我们就听音乐、聊天、散步消食，我帮她撩头发、擦嘴角，相互取暖。

她和被炸飞了耳朵的男子成了最好的朋友，我和榨取（我说成了采取，女朋友纠正了过来）食物的女孩陷入了爱河，我的韩国旅居史要多奇怪有多奇怪。

女朋友还没成为我女朋友的时候，我们常常聊天，有时在我的房间，有时在她的房间，有时躺在各自的房间，中间只隔一层薄薄的墙壁，这个可笑的房间让我们的交谈进展得毫无障碍。

女朋友对我出生的国家知道得颇为详细，她询问了一些有关神庙、圣地、红沙漠和大大小小城市的问题，然后笑了：

"作为一个在圣地附近出生的人，你怎么从来不祈祷，什么也不做呢？"

我没觉得有什么惭愧的。

"虽说不太喜欢，不过我也吃五花肉，去会餐的时候，现在也没人吃惊了。"

我解释道，不论怎么说我的祖国是一个较少宗教色彩、更现代化、民主的国家，它不是一个制造难民的国家，而是一个接收难民的国家，说到这里的时候，我感到了一丝久违的自豪。

"真能称得上是民主国家吗？你有信心那么说吗？"

"对韩国你也能这么说吗？"

我一反问，女朋友皱起了眉头，那时已经是 2014 年了。我不愿意女朋友皱眉头，所以就和她聊些医院的事。

"子宫内膜组织偶尔会在身体的其他部位长出来，所以有的女人在生理期的时候会吐血或者流鼻血。畸形肿瘤里偶尔会有头发或者臼齿等东西。啊，继亨大概要当送子公公了，光这周就接生了六个婴儿，也许他应该去妇产科。"

当时我们正在妇产科轮转。

"眼科用的手术线细到看不太清楚，对着灯光才能看清亮亮的线。"

轮转到眼科的时候。

"一位八十岁的老奶奶眼睛下面长了五十元硬币那么大的皮肤瘤，割掉时要留一厘米的界面，本来还担心切割面积太大，取了手腕内侧的皮肤移植上，周边稍一拉紧，老奶奶眼睛下面的皮肤就紧致起来，还变成了双眼皮，等消肿后她就会像四十多岁的人，韩国整形外科的技术真不是盖的！我还见习过乳腺癌患者的乳头再造术，接近于艺术了，先用手术线定型，然后文成褐色，教授从肚子上取皮肤时流出的那点脂肪，也都填到乳房里了，他说脂肪能被吸收，要不太可惜了。"

轮转到整形外科的时候。

"我去耳鼻喉科的时候气氛不太好，大家都在看耳膜破裂后能否长好。"

轮转到耳鼻喉科了。

"患者们总叫我孟加拉先生，我和孟加拉国根本没有关系……脑袋里想到什么就脱口而出是一种病态。因为眼睛随着球转动对患者有好处，我整天陪着他们打乒乓球，真累啊，可不打乒乓球的话，我们实习学生也没什么能做的。"

我轮转到了精神健康医学科。

大概就是在精神健康医学科见习快结束的时候，我和女朋友有了第一次。我们聊天睡着了，醒来一看女朋友正在摸我，我身体立刻有了反应，我抚摸着她骨头上那层薄薄的可能还是我喂出来的皮下脂肪，感到既恍惚又有成就感……最后的瞬间我大叫一声。

因为，高潮的那一刻女朋友咬下了我的耳朵，不是健全的一侧，是饼干耳朵。我的叫声不仅隔壁的隔壁，楼上的楼上大概都听到了，我虽然不疼，却非常震惊。

"你为什么要……"

这耳朵我生怕碎了，忐忑不安，连洗都不敢洗呢。女朋友也慌张起来，说着天呐，我怎么能……然后咕噜一下把我的耳廓咽了下去。

"章鱼条？"

"不是，是培根片。"

"说不定是花蟹棒¹。"

带有红点的薄片状耳朵再次冒出来的时候，前辈们都

1　章鱼条、培根片、花蟹棒都是韩国畅销的膨化饼干食品。——译者注

　　　　　　　　　　　　　　　　孝尽

拿着放大镜凑过来。但那个耳朵也没能挺多久，不管我再怎么担惊受怕，女朋友在高潮的瞬间还是会咬下我的耳朵，真变态。她没什么过敏反应，吃得还挺香，看来里面不含大豆，她咯吱咯吱吃完之后再说对不起又有什么用呢？但沉湎于肉欲继续和女朋友滚作一团也是我的错。（我现在已经会说肉欲这样的词了，学外语再没有比恋爱更好的方式了。）

接着，耳朵里发现了土豆淀粉，我本来还很满意巧克力蘑菇或巧克力棒味道的耳朵变得厚实了，但等到大米味、果冻味耳朵长出来的时候，我已经是一种放弃的心态了。教授起初还让我小心保护好耳朵，后来渐渐好奇我又长出了什么耳朵，最后竟开始催促起我来了。他人都是无情的，而我是悲观的。

"不过从病例报告翻译的结果来看，耳朵早晚会停止生长，要爱惜点吃，看看它能长到什么时候。"

乌克兰人的鼻子已经不长了，我也说不清自己是希望耳朵继续长，还是希望它停止生长。

不知是不是我在教授们中间太出名了，一天在淋浴间里，一位外科教授从隔板那边向我撩水，我吃惊地护着耳朵，可他还是继续撩着水。本来越过挡板窥视别人就算是性骚扰……韩国真是……

"喂，喂，你们是不是讨厌我？"

"什么？"

"你们在背后骂我了吧？"

"没有，我们都很喜欢您。"

"谁喜欢我？"

"继亨特别喜欢您。"

"哼，原来那小子讨厌我啊！"

我定睛一看，原来是他，那位外科教授有一天上课的时候，看到我们穿着沾了泡菜汤的白大褂进来，大喊着"脏了这么大片都没发现，你们没资格当外科医生"，转身就走了。其实关键问题并不是发现没发现，而是有没有指出来的权力，真是个为所欲为的怪人，我不知道究竟是韩国的教授们特别奇怪，还是任何地方的教授们都奇怪。

"居然说我是独岛，我不信！"

继亨嘟囔的时候，我没听清楚他在说什么。

"什么独岛？"

"哥，我完了。成绩垫底远达不到平均分的，都被叫作独岛。"

"韩国人不是喜欢独岛吗？怎么会这么说？"

继亨深邃地望着我说道：

"哥，日本人能拿独岛开玩笑吗？只有韩国人才会，能拿它开玩笑才说明真喜欢呢。"

听着有些道理。成绩孤单地掉了队成为独岛的继亨看着我，他偶尔长吁短叹，"我居然不如外国人，居然不如谈恋爱的外国人"，虽然我觉得那种话不应该说出口，但我没太用功就取得了好成绩，确实对他有些抱歉。继亨要是不减少打工时间，想提高成绩希望渺茫，我为他担心，打台球和玩游戏都故意输给了他，但继亨好像并没看出来。

"那位姐姐是个什么样的人？"

继亨问起来的时候我才意识到，自己对女朋友的了解太少了，一直都是我一个人在聒噪。我有些慌乱，我平时不是这样的人啊，怎么会这样？

"因为我是记者嘛。"

女朋友说着笑了。"我引导了你啊，"然后又略带阴郁的神色加了一句，"是不是应该说，我曾经是记者啊。"

因为住在学校前面破旧的房子里，我想当然地以为女朋友是学生，还想过她会不会是研究生，她给我讲过很多上学时候的事，我的错觉也不是没有根据。了解之后才知道，她上班的报社太忙了，连搬家都顾不上，而且单位附近的房子租金很贵，所以就一直住在便宜的房子里了。女朋友讲，总说要搬家、要搬家，结果就成了"待机状态"，也许永远都动不了了。待机状态，我没理解到底是什么意思，女朋友也不想再说。

"我带你去庆州吧？呼吸内科教授从庆州回来，说只要我把报告写出来，就让我去庆州，当作实习。"

多亏教授的文化自豪感，我得到了休假的机会，女朋友欣然答应和我同去，然后又不知从哪里借来一辆与安全毫不搭界的老旧小车，车的状态一如我对它的第一印象，一上高速它就剧烈地颤动起来。我只能在心里抱怨，我本来想坐高铁，但女朋友觉得有辆车在庆州活动起来要方便得多。

"我开得不错吧？"

女朋友看着很兴奋，我心不甘情不愿地附和着。

"我原来骑摩托，到采访现场快，停车也不麻烦，不过出了一次事故后就不能骑了。这么看来汽车也不错，我本来就喜欢开车。"

我按捺着想抓住车顶把手的欲望，只能在心里想着，这哆哆嗦嗦的汽车也比自行车好不到哪里去。

"记者，你好像做得不错。"

说出口的只有这一句。

"为什么，你怎么这么说，我看着很晦气吗？"

"韩国人也觉得记者们晦气吗？"

"这个世界哪里不是呢？"

"我不是那个意思，我是说记者都是特别的。"

"听不懂是什么意思。"

孝尽

"记者在哪儿都与众不同，只有这样才能干好这份工作。记者不就需要不随波逐流、个性十足才能干得来吗？"

实际上，我讲的时候好像更语无伦次，但女朋友完全听懂了，她很喜欢我的说法。

"真奇怪，周围的人都不理解，来自不同环境的人却更懂我。"

"也没有什么不同，没有想象的那么不同。"

不知是不是因为这句话，女朋友一路高兴地开到了庆州。

女朋友设计的路线和计划很合理，我们把观光导游地图上标识的地方玩了个遍，去了博物馆，参观了电视剧拍摄地，还看了像丘陵一样浑圆的绿色陵墓。有关其他地方的记忆都模糊了，我只记得五陵这个地方。

"据说王的身子升天后，分成五块掉了下来，本来想合成一处安葬，但钻出来一条巨蛇阻挡，就葬为了五处。"

这真是个奇怪的传说，这个故事也许法医学科的教授会喜欢，那位教授的兴趣就是请我们吃饭的时候吓唬我们，"生病的话去找别的老师，不要来找我！"

"我姥爷就是在这里向我姥姥求婚的。"

女朋友说道。

"……在墓地？"

"不是挺漂亮的嘛，我太姥爷，就是我姥姥的爸爸是这个王陵的守墓人，当时就在陵墓旁盖的房子住。姥爷示威似的躺在廊檐下，请求把女儿许配给他。"

"真是个有意思的故事。"

突然我也想干脆就此向女朋友求婚，但我不能那么做，我只是个暂时来到韩国的外国人，站在碧草丛生的陵墓前，我无法请求她和我一起前往红沙漠。

在庆州的观光酒店里女朋友又咬掉了我的耳朵，我以为这次会长出庆州面包来，结果却没有，那之后的一段时间都是派耳朵。准确地说只是派的硬皮，我很想问问，去了庆州一趟怎么长出来的是派耳朵呢？

作为吃掉我耳朵的补偿，女朋友认真地帮我完成了庆州报告，我的韩语写作能力差不多都是从那份报告中得以提高的。

不过教授可能连看都没看过。

短暂的休假之后，很长一段时间里我每天都充满了压力，马上就要实习考试了，对我来说回国之后反正也要重考，但周围人都很紧张，我也跟着紧张起来。与其说是想考出好成绩，倒不如说是不想考得太差，那段时间，医学院里除了我还有德国和日本的交换生，我是最先来的，便有了一种防守性的竞争心理。热情大于实力的实习生失误过几次之后，患者们常常会忍不住生气地说："叫真的医生过来！"

"听说会用演员？"

"嗯，他们来假扮患者。"

"专业演员吗？"

"可能平时都在演戏什么的，每年过来打工。"

"那我们要真的检查吗？"

"问诊、触诊什么的吧，注射用纸来代替。哥，你小心点，那些人比我们更熟练，出错的话会被笑话的。"

我和同学们在准备过程中分组进行了练习，练习颇见成效，结果也没有那么糟糕。考试的时候，我差点失误落了中间的一个步骤，演员的停顿提醒了我，后来我感激地想，他的那个停顿真是救了我啊。

这一过程中，女朋友因为工作进展不顺，我好不容易给她养胖的肉又一点点掉没了，她虽然从没完整地对我讲过，仅凭她的只言片语我还是大致勾勒出了原委。女朋友和她的前辈们报道了自己所在新闻电视台的丑闻和经营不善的情况，因此被解雇了，吹哨人被牵连是常有的事。在我的想象中，女朋友的嘴里真的咬着一把哨子，银色的小哨子，她鼓起脸颊发出鸟叫的声音，声如其人。不妥协有时是正确的，社会应该珍视倾向于合理性不和谐的个体们，但往往并不是这样。女朋友就像是珍稀鸟类，如此珍稀的存在为什么总得不到承认、饱受挫折，我不能理解。

女朋友和同事们报道的内容都是事实，但仍被处以惩戒的理由是他们进公司时签署的合同和公司规定中明确的"违反公司利益的行为"，但没有说清的是揭露丑闻、要求改进到底有没有违反公司利益，不，仔细想来这不正是为公司利益着想吗？其他记者们也站出来反对不合理的惩戒，他们的编辑权受到公司的干扰，事态进一步扩大到报社和电视台都不能正常运营的地步，成为社会性问题后，被雇佣的地痞流氓和外部的帮手们接踵而至。

"目前处于胶着状态，后面会好的。"

女朋友一脸坚定地说。

"我是第一个被解雇的，会最后一个复职，不过没关系。"

压力之下女朋友食欲不振，奇怪的是性欲却旺盛起来，她就像长着钩爪的动物一样一次次地缠着我，根本不在意墙不隔音，她不断地咬下我的耳朵，连长出来的时间都不给它。耳朵虽然还在长，也很痒，但我已经来不及辨认是什么口味的饼干了。

"我快化成焦糖了。"

我以为她在说皮肤的颜色。

"不是不是，我是说我融化的状态，不是颜色，是温度、瘫软度、手感，这些。"

女朋友对着我的耳朵窃窃私语，我下意识地一激灵，她笑了，看你吓的。是啊，现在她就算是吃了我的耳朵也不感到抱歉了，我们的关系已经相当随意了，哪怕需要用我的耳朵喂她，我也希望她能长胖些。

而我最痛苦的是，回国的日子不远了。

整形外科的教授这一回让我到雪岳山的顶峰去照张相片，开始我觉得有些荒唐，难道还怕我没去过白头大干山吗？韩国人不知为何对辛辣的食物和有名的景点那么有执念。于是我和女朋友坐上高速巴士，头挨头地打着瞌睡向雪岳山进发，不知从什么时候开始，我不再害怕飞驰的巴士甚至可以安睡了，在睡梦中还在想着，我已经成了地道的韩国人了。

我穿的运动鞋底太过光滑走起来费劲，每次要滑倒的时候，女朋友都笑着伸出手。她的登山鞋看起来有些年头了，我又错误地说成念头，女朋友给我纠正了好几次。

在庆州没说出口的话，在雪岳山终于说了。

"跟我走吧！"

在山顶上，照完教授要求的证明照片，我说道。

"你是让我下山时慢点走吗？"

"不是，和我一起回国吧！"

"啊!"

"反正这里也不适合你,连大豆都不能吃。"

女朋友慢慢地笑了,像是在说这怎么办呢,然后用干瘦却有力的胳膊紧紧地抱住了我。她的额头有一股好闻的汗水味,新鲜的味道,就像植物被折断时的味道。我吻了吻女朋友汗湿的头发,这大概是我人生中遭遇的最温暖的拒绝了,我知道,她在任何地方都不是随波逐流的人,所以也是有价值的人,我无论怎么邀请都不会成功的。

我们明明知道要分手,可为什么还那么喜欢做爱呢?

在雪岳山山庄里,我把头靠在女朋友小小的胸脯上睡着了,虽然并不柔软却让我如此留恋。

"你还会来这里吧?和我分手后,和别的男人一起。"

"不来雪岳山了,去别的山呗。"

"真的?"

"山不有的是嘛。"

大概就是从那时开始,我思考着最后能为女朋友做点什么。

我通宵钻研,投入所有剩余的留学资金又托了各种关系,终于可以着手制作未得到 FDA 认证的治疗食物过敏的注射剂。虽然副作用不大,但效果似乎也一般,反正我期望的也不是彻底的成功,只要将女朋友的痛苦控制在可忍受范围内,哪怕只是勉强可以战胜大豆过敏我就满足

孝尽

了，就算是起疹子也可以尽量不去急诊室的程度。等我把50瓶注射剂摆在女朋友面前，她多少有些不知所措了。

"啊……我不要紧的。"

我不得不一遍遍地说服她，要高效利用我在韩国余下的三个月。

"我不在的话，你能花心思自己做菜吗？不在外边买着吃，你能做到吗？"

女朋友做不到，被送到急诊室那就去，她绝不可能认真吃好每一餐。我怎么会爱上这么一个把自己弄得一塌糊涂的女孩子？对她来说随时都有很多比吃饭重要的事。

最终女朋友不得已答应了，我每天认真地往她瘦得可怜的肚子上打针。

最后还要做个试验看看有没有效果。打完最后一针的第二天，我在女朋友的菜里加了大豆，只是非常少的量。为了减少她的紧张，菜里加的根本看不出来，虽然出现了过敏反应，但确实比以前要轻微。让我安心的是服用氯苯那敏后，已无须使用事先准备好的麻黄素喷雾剂和肾上腺素注射剂。

确认女朋友有所好转后，我还想知道她应该更小心哪种大豆，为了找到韩国出产的所有豆类，我去了超市和传统市场。用豆子拌沙拉、煮、炸、炖，甚至还自制了豆腐，挤掉水分将豆腐切成五毫米的厚度烤了烤，女朋友哭笑不得。

"能看出你性格怪异了，谁会把豆腐切这么薄来烤?"

"别废话，吃吧!"

女朋友小心地把薄薄的豆腐咬在嘴里，她明明知道没问题还是害怕犹豫，吃完饭后我检查了她的周身，以确认有无异常症状开始，以咬掉我的耳朵结束。

三个月很快就过去了。

那是冬天的早晨，凌晨下了雪，连急诊室里都没有人，一直发呆的继亨突然一下子站了起来。

"清床了，这是清床!"

同学和前辈们一下子沸腾起来，有人拿来相机，还有许多人掏出手机来拍。

"哥，哥你也过来!"

我稀里糊涂地一起拍了纪念照，照完之后才明白，急诊室里真的一个人都没有。这是医院成立以来屈指可数的瞬间，我看了看挂着清床纪念照的墙壁，墙上想要挂满照片还早着呢。

这好像是医院对我的告别，送别会上明明和朋友们玩得很高兴，我喝得太多都记不清了，只记得继亨呜呜呜地哭了，几十年后我还可以拿这个打趣他。

　　　　　　　　　　　　　　　　　　孝尽

女朋友从商店买回来一瓶豆油，她带着恶作剧的表情撕去两层包装，我正在给行李做最后的打包，不知道她想用它来做什么。但当她提着那瓶油，从洗碗池向着床边慢慢地摇曳着双胯走来时，我马上明白了她的计划。我平时还算敏捷的手指怎么也解不开衬衣的纽扣，女朋友笑了一会儿，然后收起笑容，在我的锁骨处"哗"的一下，又在经常被人们误称为耻骨的髂骨处倒上豆油。女朋友的舌头和嘴唇在我的身上画着对角线，长久又美妙，把流淌的油吸了个干干净净，而我接着回报给她的则是我和她之间愉悦的秘密，就如同为了防止有人找她的麻烦，在这篇文章中我从来没有说过女朋友的名字，我太了解韩国了。

女朋友最后一次咬我的耳朵时，我拜托她：

"咬干净些！"

我不知怎么会有预感，我的耳朵再也长不出来了。

"是什么味道？"

"杏仁、巧克力、香草、黄油、糖、牛奶……大豆？"

那天我和女朋友做了太多次，也许因此用尽了耳朵长出来的元气，不管怎样都无所谓了，耳朵完全愈合了，成了奇怪的病例。我不戴眼镜，也不用挂耳耳机，所以没关系，就算再和别人交往，我也觉得耳朵还是属于你的。

去机场的路上，我的腿不住地发抖，女朋友半是虚脱地一直送我到机场，在机场的纪念品柜台，她给我挑选着东西，夸这个漂亮又笑那个难看，就是没有哭。我们在贵得离谱的韩餐店吃了饭，女朋友吃的泡菜汤，我吃的大酱汤，还喂了她三勺，我们最后的吻满是韩餐的味道。

在出境处门口，女朋友用双臂挂在我的脖子上，深深地在我的脖颈处吸着气，嗅着我的味道，用嘴唇一口咬住了我的耳垂而不是耳廓。

"随时。"

她说道。随时回来？打电话？写邮件？我不懂她的意思，这种时候最好还是说相同的话。

"随时。"

我也说道。

但那就是结局了，我们没有发短信，没有打视频，没有写邮件，也没有寄联邦快递。我喜欢的就是那样的人，我也决心成为那样的人，这需要很强的意志力。

在这里经常能遇到韩国人，我就像韩国人一样能认出他们，有时只是擦身而过，心情不错的日子就用韩语和对方搭话。每当这时韩国人都非常开心，有时会高兴地向我传教，现在我能很快区分出游客和传教的人。

如果我说曾去过韩国，很多韩国人会问去干什么了。我从容地编着瞎话，开玩笑说学习有名的整形外科技术，或者说在 K-POP 经纪公司工作，也许说谎的能力就是判断外语水平的标准。如果不是这种时候或者某天我偶尔不想说谎，我会说自己在韩国失去了耳朵，长出了饼干耳朵，而咬我耳朵的女孩的过敏症被我治好了一半。

最近我的耳朵很干，偶尔能听到落在韩国的藏红花缩水的声音。

屋顶见

你一定能理解，

所有的爱情故事都与绝望有关。

63大厦、南山塔和这处可以将汉江尽收眼底的屋顶构成了漂亮的三角形，可你知道吧，即便站在这个顶点，也根本感觉不到幸福，你应该最清楚。我在公司的屋顶已经坐了很长时间，空调外机燥热的风从我的腿间吹过，公司根本不会人性化到在屋顶放张长椅，我把满是雨水痕迹的脏脏的空调外机当作椅子，吃了偷偷拿上来的又贵又甜的点心。有巧克力香蕉蛋挞、蓝莓奶油泡芙、名字各异的花朵般的糖果，但是糖果也阻止不了我一跃而下的想法，酸甜的糖果也融化不了那些糟糕的想法。

　　一、二、三、四，跳。我想像斜线助跑、踩着步点越过横杠的跳高运动员一样，越过楼顶的栏杆跳下去。

　　或者双手抓住栏杆，就像握住彩虹色的单杠一样，旋转、旋转、飞身而下，脐下感受到的先是坚硬的钢铁，接着就是痛快的坠落。

推动我的不是一股猛然强烈的愿望，而是一直看似平静却慢慢沿着刻度小幅爬升的危险，就像房间里积聚的有害气体或者每年都在上升的海平面。没有冲动，漫不经心之间不知何时就有了一跃而下的念头，而且这种不安还那么缓慢而遥远。平日里我并不靠近栏杆，只是远远地看着周围其他大楼顶上的人，就像在大海中央相遇的海员一样，只是想向他们挥挥手。但是那些人不知是否在远处感知到了我的视线，觉得不自在，很快就下去了。

现在我正在向你招手。

"你不想和我一起去见见我的俄罗斯女朋友吗？"

崔导演用手背蹭着我的脸颊提出可笑的三人行时，我却无法发火，我挺过残酷的毕业和求职不是为了来受这份侮辱的。这个败类在是个人就能当导演的时候入了行，被聪明的后辈们排挤也不承认，只会在我们这些乙方面前丑态百出，有线电视台大举招揽导演的时候独独落下了他，他也无话可说。

我一边叹气一边想转移话题的时候，看到对面总是坚持到最后的前辈把头转了过去，角度不大，7.5度左右，7.5度我是怎么感觉到的呢？从前辈的脸色能看出他日益恶化的肝功指数，因为生病他的身上有一股难闻的味道，

孝尽

想到这儿我原谅了他 7.5 度的懦弱。如果前辈得了肝硬化，他的夫人该怎么办呢？我担心起有过两面之缘的前辈夫人来，尽管自己正身处烂泥之中。

我在一家著名体育报社的广告业务部工作，这家公司在激烈的求职竞争中还算颇有名气，在这里上班乍看起来好像不错，朋友们劝我能忍则忍。然而同一家公司不同部门间也有很大的差别，我总是没完没了地接待些卖奇怪东西的奇怪高管们，真不知为何让我到这个岗位……一定是谁指派的，要么就是人事部门忽然犯了糊涂。我进公司半年后才知道，原来是有人打赌想看看我到底能坚持到什么时候，别人把这事儿当个笑话说给我听，但这并不是个笑话。

我在酒吧包间里从事接待的时间要远多于在办公室工作的时间，这该死的接待文化……我真想像尼禄皇帝[1]一样把整个江南的酒吧包间都放火烧掉，现在如果有人给我称手的工具，我真的能做到。我、部门的同事和公司的其他人都知道，这些习以为常的事情令人不快却没人想改变它，大家只是不断重复、大把花钱，每个人都清楚这样做

创造不了任何价值，都将其视为行业和公司的下水道。如果我不是广告业务部的职员而是位记者的话，情况会好些吗？怎么说这不也是个以记者为主的公司嘛，但现在我已没有那份自信了。

"辞职如何？拜托去别处发展的前辈把你也带出去。"

"别干了，还能饿死吗？你现在有工作经验了，很快就能找到工作的。"

我有时也会被周围的人说动心，但还是战胜不了恐惧，投出去三十份简历只有一份能过初试，如果不恐惧那就奇怪了。而且我不是孤身一人，爸爸每周要做三次血液透析，妈妈在照顾他，她还患有风湿性关节炎，弟弟和爸妈住在一起像是得了忧郁症，我是家中唯一的经济来源，医疗保险等等都压在我一人身上，辞职再重新找工作我想都不敢想。

如果没有姐姐们，我可能真的就跳下去了。财务部的大姐明熙，编辑记者素妍姐，运营部的艺真姐，她们三个就像手握命运的魔女一样，亲热地聚过来为我排忧解难，帮我捋顺乱成一团麻的日子。我第一次把头发剪短的时候，她们中有人吃惊得张大嘴巴然后又咬住了嘴唇。

一天，我心血来潮把刚进公司时长及肩下的头发剪掉，留得只比运动头稍微长了点，抹上发蜡看着还算可以。我想喊叫却又喊不出来，就把头发剪了，以这个发型

孝尽

配上笔挺的裤子正装，我就是想做给他们看，我和你们没什么两样，请对我规矩点。但没想到的是，黑暗之中我的轮廓看起来像个男的，行为不检点的畜生反倒更多了，更有败类看我不顺眼，找碴儿问我为什么剪头发。我站在屋顶上，头皮感到冷飕飕的，所有的一切都在恶化，我陷入了机体自我防御的麻木之中，那时的记忆很不完整，在我心中暂停的只是些恶心的画面。一个月中有那么一次，我和姐姐们拿着公司多余的电影票或演出票出去，只有在那些日子我才能感觉到自己还活着，为了压住口中的苦涩，我们吃油腻的食物，精疲力竭地又哭又笑又骂，深夜回家时才觉得又活了过来。

所以当三位亲爱的姐姐间隔两三个月陆续结婚时，对我的冲击真是无以复加。首先，当明熙姐领着身穿九十年代风格的大叔款厚皮夹克、浑身上下都写着"我是刑警"的人出现时，我心里就很不痛快；素妍姐带着那位自称能打到 400 分的准职业台球手到来时，我心里也不得劲；最后，艺真姐带着号称会制作传统乐器的长鼓手出现的时候，我完全搞不清状况了，前两位还好说，我完全想象不出最后这位艺真姐是在哪儿遇到的。

"我虽然不是特别喜欢结婚……好歹能在家里转呼啦圈了。"

"呼啦圈？"

"结婚前我想起小时候曾玩过呼啦圈就买来了，结果却惹得我大哭，在单身公寓里不论怎么变换位置也转不起来，不是碰到买来的廉价衣架就是碰到简易的无纺布抽屉……两人凑到一起过日子，在家里转个呼啦圈是没问题的，总算能喘口气了。"

姐姐们结婚后都辞了职，她们一个个脱身去了更好的公司，要么是待遇好，要么是氛围好，最差也是上班时间好。姐姐们去新公司之前还休息了一两个月，她们的脸上第一次泛起了光泽，让我很是羡慕。屋顶上没有了姐姐们的香烟雾气，她们戒烟、练普拉提、去旅游，我陷入了孤身一人被抛弃的心境之中，像灾难片的配角一样感到岌岌可危。艺真姐隔了很久才登上聊天软件，我缠着她问道：

你们仨怎么都突然结婚了呢？是瞒着我密谋的吗？

我只是随便问问，艺真姐在那头不知写了些什么又都删了，对话框不断变换着状态标识，等待中、输入中。

下周见面说吧！

最终她只说了这一句。

我们四个人好久没聚了，姐姐们与我相对而坐，她们仨坐在同一边，真的像魔女一样。

"抛下我去过幸福生活，你们很高兴吗？真不讲义气，有什么秘诀也告诉我一下，让我也结个婚啊。"

"你真的想试试吗？"

明熙姐问道。

"到底有什么秘诀？为什么觉得我不想？"

我感到她的视线落到了我那天未加修饰、乱蓬蓬的头发上。

"如果我们把秘诀告诉你，你能保证不告诉别人吗？"

深陷在椅子里的素妍姐问。我热切地点点头，带着一张极尽纯真、可信的面孔。

于是，艺真姐将一本薄薄的泛黄的小册子推了过来。

"这是古代传下来的咒术书。"

"你说要向高丽大学申请什么？"

"你这个笨蛋，听好了，不是 order（命令）是 spell（咒语）。"

素妍姐勃然大怒，我不由自主地往后靠了靠。姐姐们难道一下子都变了口味吗？我虽然知道她们一直挺喜欢看生辰八字的，但毕竟还都是正常人，为什么会这样呢？是她们仨串通好了耍我吗？短短的时间内我浮想联翩。

"……古代传下来的话，为什么是印刷版呢？"

"是从古代传下来的，然后在大韩帝国末期或是日本殖民初期印刷出版的。"

"你们从哪儿弄来的？"

"东大门、清溪川那边的旧书店。"

"……"

"呀，你不信就别试，不着急的话别试就好了！"

"啊，我知道了，我着急，很急。"

迫于姐姐们的气势，我赶快接过了书。

这本《闺中女子秘书》不仅书名离谱，书中汇集的咒术也同样离谱，有除掉丈夫小妾的咒术；让无心学问、只知道酒色赌博的长子幡然醒悟的咒术；让屁股底下长刺的小女守规矩的咒术；报复说闲话的邻居的咒术；让吃闲饭的人自力更生的咒术……这与其说是本咒术书，不如说是古代女性苦恼大全更为合适，而且用于咒术的材料又是如此的怪诞，"偷吃四次鸡的獾子的耳朵和后蹄"要到哪里去找呢？我翻着因年代久远而沙沙作响的书页为自己感到寒心，作为一个连宽松款的夹克都能轻松驾驭的现代独立女性，我为什么要关心这些东西？

我终于翻到了如何召唤大千世界中独一无二、命中注定的结婚对象，姐姐们还在这个方法上贴了便利贴，和其他咒术一样让人叹为观止。文科专业的素妍姐，用细水笔将文言文部分认真翻译了出来，内容概括如下：

1. 隔江面对充满灵气的北山，于黄昏时分在干净

孝尽

的高丘上布阵；

　　2. 把无瑕的红玉、青玉、绿玉、紫玉、白玉摆成五角形状；

　　3. 取备好的洁净山泉水三分之一、月夜下的泪水三分之一、月经血三分之一充分混合，将出生年月日和时辰写于缣帛之上，须用左手无名指；

　　4. 焚缣帛，静静地揖之、泣之；

　　5. 结婚，并按日月星辰的指引生活。

　　别的还都好说，只是月经血让我大吃一惊，我给素妍姐打了电话。

　　"姐姐，姐姐，这都什么啊，怎么还要月经血？"

　　我感到电话那头的素妍姐打了个激灵。

　　"从前的咒术都有点那个，不过这样才有效，你买个月经杯吧。"

　　"各种颜色的玉在哪儿买的？"

　　"买玉还得去春川啊。"

　　"哦，我说你们怎么老去春川呢，原来是去买玉。"

　　"一定要没有瑕疵的，明熙姐不小心买了带瑕疵的玉结果做了两次。你到卖玉的市场上仔细挑一挑，形状也要圆的。"

　　"缣帛呢？"

"仁寺洞有店铺卖，我告诉你位置。"

"能隔江看到北山的高丘怎么办呢？"

"公司楼顶上最合适，周末的时候锁上铁门就在那儿做就行，古代咒术中的丘陵可以用大楼代替，懂吧？"

"真的有用吗？"

"你试试吧，肯定会大吃一惊的。"

我准备咒术中需要的物品花了差不多两个月，眼泪还算容易，本来我和姐姐们生理周期都是一致的，她们不在我的也不规律了。

周日凉爽的傍晚，等到真的锁上公司楼顶的门开始施展秘术时，我的心猛然平静了下来，一直躁动的不安消逝在了首尔干燥的空气中，远处的南山塔看起来就像一座祈愿塔。

咒术书中虽然没有要求，但我还是沐浴斋戒并穿上了新买的内衣。你一定觉得是我做错了什么，其实不是，真的不是，我急切而慎重，我愿意做任何事情只要能解脱出来，只要能从目前的人生中解脱出来，摆脱那些假装亲热地抓住我胳膊却用手背蹭我胸部、装作若无其事拍我膝盖却把手指伸向大腿内侧的恶心的家伙们。我渴望变化，渴望脱身，渴望阶层跃升，但我知道这一切的答案并不是结婚。

孝尽

我以为会出现闪电。

但没有任何光亮和声音。

应该是失败了。我坐到了一向当长椅使用的空调外机上，秋已深，空调已经停止了工作。已经戒掉的烟瘾犯了，我摸了摸背包想找每每这时要吃的零嘴儿，找到了一包不知什么时候放在里面形状似香烟的饼干棒，只是包装已经撕开碎成了渣，饼干里有一股灰尘的味道，我佝偻着身子坐在那里咯吱咯吱地嚼着。霎时间，我想起了总把零嘴儿说成零碎儿的前男友，要是能留住他也好啊……我直起身来，现在该用带上来的一铁皮桶自来水冲刷一下了。

"丈夫"出现了。

如果它真能称为丈夫的话。

我大叫一声，疯了似的跑进楼梯间躲了起来，用颤抖僵硬不听使唤的手指给明熙姐打了电话，通讯录的第一个人就是她。

"姐姐！"

但是明熙姐小声说了句什么就快速挂了电话，看起来是周末去了婆婆家。素妍姐干脆就不接电话，我再往下翻看到了艺真姐的名字，手指不住地打滑。

"喂？"

她嚼着什么，好像在吃饭。

"姐姐，姐姐，那个召唤！"

"哦，你做了？"

"那个是叫召唤吧？"

"嗯，出现了吗？哎哟，我丈夫出来时提着剥下的牛皮，素妍姐的丈夫拿着球杆，明熙姐家的那位……"

"天呐，行了行了，他们一开始就是人吗？"

"哪里，男人都是慢慢变成人的，从浑蛋再变成人。"

"不是，我指长相！"

"怎么了？很难看吗？"

"不是好看不好看，压根就不是人啊！"

"什么？"

我探出头向作法召唤的地方看了看。天呐，"丈夫"不是人，怎么看都不是人，虽然大致像人的轮廓，但无论如何也不能把它当成人。

说是人，又不是人。

穿的是衣服，又不是衣服。

那是张脸，又不是脸。

它的样子就像是从事前卫艺术的装潢美术家用死去的动物、铁丝和泥沼中腐烂的木头扎制而成的，从不同的角度看像鳄鱼又像木耳，结果还是什么都不像，我真是很难说清这种发自内心的反感。召唤术也类似一种瞬间移动，难道空间的穿越造成了躯体的变形吗？或者是我不恰当的动作杀了一个人？我陷入了恐慌之中，艺真姐不住地问着

孝尽

怎么回事怎么回事，我还是一声不吭地挂了电话。

我凑上前去，看到"丈夫"还在喘息多少放下心来，但紧接着发现它的脚居然悬在空中，这又让我想死的心都有了。

尽管我惊吓过度，还是礼节性地打了招呼，万一它是外星人的话，也不至于觉得我们全体地球人都没有礼貌。

我对它说了声您好，说了也等于没说，我连它的脸都没好好看一眼，不过大概瞧了瞧可能是脸的地方，乌漆墨黑的面皮除了在抖动，别的什么都没有，于是我再次望向它的脚尖。在悬在空中的"丈夫"的脚上，我认出了类似脚指甲的东西，只不过怎么看都像是金属的。

"喂，我是不是召唤错了？"

我莫名其妙地辩解着，就好像在说电话打错了，我的意思是你不可能是我命中注定的对象，你从哪里来的，还是请你回到那个世界去吧！

我东拉西扯地刚说完，"丈夫"回答道：

"……亡。"

但是因为有风我没听清。

"什么，你说什么？"

它没有再开口，但闪过的单词在我脑中复原了，那个单词是"灭亡"。

原本想召唤一个丈夫却把灭亡使者召唤了出来，我这样的女子真的太可怜了。难道就因为我祈祷的时候没有满怀对爱情的憧憬，而是充满了对狗屁公司的怨愤？这或许是对逃避式婚姻的古代诅咒，但是仔细想来世上哪有百分之百不将就的婚姻。对女子来说，什么时候都有想逃避的东西，从古至今无一例外，我的委屈不断地涌了上来。

我在楼顶上痛快地吐了一回，然后又提了一桶水冲洗了屋顶。吐过之后我的心情好多了，我的人生就是这样，别人都能轻易实现的小小愿望，我一祈求就必然会成为巨大的灾难，残酷的顿悟让我清醒过来。我骂了几句脏话，灭亡使者也不以为意，还悬浮在我刚才作法召唤的地方。

"你别动，就待在这里。"

我往办公室走去，不管怎么说它是我召唤出来的，作为一名成熟的社会人和市民我也有责任把灭亡使者从屋顶上挪走。多亏以前带来的拉链式连帽衫和方格纹毯子没有拿走，还有件明熙姐落在我这儿的大号开衫，我拿这些围在了灭亡使者身上。我那穿越而来的"丈夫"虽然变成了一副可笑的样子，但不像原来那么可怕了，粉色的连帽衫起了作用。

我犹豫了一下要不要戴上手套再摸它，好在它的手上没有毒性黏液物质，我轻轻一拉它的手，它就随着我滑动了起来。我叫了辆出租车把它塞进去，出租车司机大概以

孝尽

为它只是刚做了美容手术，公司附近的一整栋大楼里挤满了大型美容外科医院。

我在玄关处给它铺上纸盒，反正它也是浮在空中，被子又有什么用呢？这就是我们的新婚第一夜。

我根本睡不着。

"你早上想吃点什么？"

我礼节性地问。

"……亡。"

"丈夫"回答。我为地球和人类不能给它一顿早餐而内疚。我大概睡了两个小时，清晨做好饭送到它面前，"丈夫"却一口都没有吃，我居然像喂孩子一样把勺子伸到了灭亡使者面前！

之后的几天我也不是没有努力过，虽然试着换了几次菜谱但都没有用，最终我彻底放弃，不管它了。人真是擅于适应的动物，就像可以适应不合理、近乎荒唐的工作一样，我也适应了灭亡使者"丈夫"。不管它在不在玄关，我都能睡得香、换衣服、晾衣服，权且当作买错了一个设计丑陋的运动器械，努力对它视而不见。

我太失败了，而且我明明知道，人生就是当你以为不可能再糟糕时还会变得更糟，我气极了。

所以，你知道后来怎样了吗？

我和姐姐们都断了联系，现在想来虽然太傻，但当时确实承受不住了。姐姐们意识到不对劲儿，她们仨轮番打我电话、来找我，但我还是接受不了，而且我还尽量减少了和家人的联系，因为当时的状况无法让他们到家里来。

"丈夫"的状态越来越糟，虽说没有什么具体的指征，但还是能看出它的状态不如原来了，变得更憔悴、灰暗、颤动不止，我越来越频繁地在睡梦中被"丈夫"在空中振动的声音惊醒。

一天我意识到那振动的声音是呻吟。我穿着毛茸茸的超细纱睡衣站到了"丈夫"面前，我没有洗澡就睡了，头发里满是香烟、酒和下酒菜的味道，但这有什么关系呢，我根本不知道它有没有鼻子。

"我们这样不行。"

"丈夫"停止了振动，我想表达得更清楚些，于是靠近它说：

"不论在哪个宇宙、哪个空间，我们都不可能是一对儿。"

我盯着它应该长眼睛的地方，"丈夫"也好像在呆呆地看着我，虽然已经很熟悉了，但它的样子还是让我起鸡皮疙瘩。

就在那时。

"丈夫"伸出双手抱住了我的脑袋。

尖叫声在我的扁桃体处冻成了冰，我想挣扎，但"丈夫"的手指就像锈蚀弯曲的铁管一样抓着我的头，让我动弹不了。

"丈夫"低下头，将看似嘴唇的湿漉漉的窟窿贴近了我的头顶，用它不知是突起、牙齿还是吸盘的小器官开始吸吮起来。

好像过了很久。

又好像一刹那间。

我在震惊中晕了过去。

第二天早上，我躺在被子上醒了过来，不知是"丈夫"把我抬过来的，还是我自己半梦半醒间爬过来的。

而且奇怪的是，我感觉身体异常轻松。

难以理解的轻松，好像体内所有的毒素、代谢物和不小心吞下的重金属物质都消失了一样。我还没做拉伸动作，所有的关节都轻巧自如，眼睛不干涩，身上也不再汗津津的，就好像有人把我一键恢复了似的，拆卸、除尘又重新组装了起来。如果我说清爽得如同重生了一般，你能理解吗？如果你也有过轻快的早晨，你一定能理解。

我眼屎都没擦就来到了"丈夫"面前，把头伸到这边看看又伸到那边看看，还鼓起勇气戳了戳它，但它并没有像昨天晚上那样突然对我有亲热的动作。

但是，怎么说呢。

"丈夫"脸上泛着光,好像吃饱喝足了一样。

"你昨天从我这儿……"

我想说吸了什么吃,又停下来换了种好听的说法。

"拿走了什么?是不是,你吸了些什么?"

我羞涩地问道,手抓着虽没有风却不住颤动的磨破的衣角,"丈夫"再次回答道:

"……绝望。"

啊。

难道是耳屎掉出来了?我这回才听清了"丈夫"的话,原来不是"灭亡"而是"绝望"。

我终于不带一丝绝望地上班去了,晚上的时候虽然体内还会产生微量的绝望,但我已经不害怕了。

就算我每天晚上都把头顶交给"丈夫",它还是越来越饿,它发出微弱的发动机般的声音,就像零件松动的真空吸尘器一样。想来是那么回事,它第一次之所以够吃是因为吞下了我积攒一生的绝望,而一天的绝望连一袋粉剂的量都不到,虽然够苦但分量太少了。

我很明白自己作为妻子应尽的义务,于是又给它想别的办法找其他食物。当我恰巧听说一个大学同学被解雇了的时候,毫不客气地说我觉得机会来了。我无条件地维护她、安慰她,她属于一喝酒就断片的类型,当我几乎是把她背回家的时候,已经凌晨一点多了。

孝尽

"丈夫"的表情在我看来充满了感激，它欣然吸食了我朋友的绝望，我带着同谋者隐秘的微笑回应了它，并在朋友醒来之前赶快打车送走了她。

第二天，我接到了朋友的电话。

"我昨天和谁打架了吗？耳洞出血了。"

应该是"丈夫"紧紧抓住她脑袋两侧时碰伤的，我装作不在意地否认道：

"不会是耳饰挂在针织衫上了吧？"

"是吗？不过喝了那么多居然没有一点儿醉意，太奇怪了，你没事吧？"

"我清醒着呢。"

第一次"绑架"后，我渐渐扩大了范围。办完母亲丧事的公司同事，好不容易离婚的亲戚家姐姐，逐渐出现遗传病症状的朋友哥哥，不堪重负的相熟弟弟，放弃留学的研究生，遭遇交通事故的运动员，高考复读三次的学生，参加了五次公务员考试的人，脑肿瘤手术后失去嗅觉的厨师，康复治疗失败的舞蹈家，与恶邻产生摩擦的流浪猫投喂者，与日佳论坛[1]键盘侠们同处一间教室的女高中生，

---

1 日佳论坛是韩国的一个网络论坛，该网站的评论往往充满仇视和偏见，尤其是对女性的极端仇视。——译者注

长期得不到任命的讲师，长期不能出道的偶像练习生，沉迷赌博的人，电话销售员，环境运动家，失去夫人的教导主任，遭遇水灾的农民，身体透支的年轻实习医生，皮肤严重过敏的发型设计师，移民失败的移民者，写手，狱警，刚刚活埋完口蹄疫生猪的相关人士，好不容易摆脱各种虐待的人们，有严重进食障碍的患者，养了二十多年的鹦鹉突然死去的人，进步政治家的夫人，极右翼国会议员的女儿……

我从未如此活跃地和别人交往过，而且一想到他们见过我们夫妇后，都能以更轻松的表情漫步在这个世上，我的心情就好了起来。每天晚上享用过美味佳肴的"丈夫"，它不断颤动的周身线条好像也美妙地圆润了起来，而我也因为每日有所成就可以甜蜜入梦了。这哪里是什么灭亡使者，分明是希望使者啊。

当然，事情的发展不可能那么顺利。

"你，是不是在和男巫同居啊？"

"什么？这是从哪儿传出来的？"

"听说去你家能驱煞辟邪？"

"谁说的？"

"第二组的一个记者。"

我没难受多久，干到那个月底我就辞职了，不是因为

孝尽

传闻，更多的是因为弟弟摆脱了绝望开始站起来自力更生，我的经济负担少了。而且公司里最绝望的人差不多都救过一遍了，要想喂食"丈夫"，我个人的人脉关系已经捉襟见肘了。

所以我做出了一个以前未曾考虑过的选择，回母校去，并且选择了以前未曾考虑过的心理咨询专业。要想物色绝望的人哪还有比这更好的职业呢？研究生院的教授们也一样的丑陋，他们会拉着我的手让我敬酒，但我已不再忍耐，学会了发火。我去看牙的时候，医生说我的后槽牙总是咬得太过用力了，让我轻一点咬，他说我睡觉的时候都咬紧了牙关，我完全不知道。

好不容易拿到心理咨询师证书后，我离开首尔来到一个安静的小城市，我重新落脚的地方是一个衰落的工业园区，附近有一处孤零零的公交客运站，也没有几条线路。我在地方青少年中心找到了工作，工资比以前少了，但值得欣慰的是房租相当便宜，结婚之后房子应该大些，而我却正好相反。搬家的时候姐姐们都来了，她们说房间比以前多了一间看着很好，还说我一个人过得不错很羡慕我。姐姐们聊起婚后生活的时候，我也有很多话想说，但我只是笑着坐在那里。

屋顶下面一层满是灰尘的办公室就是我工作的地方，为什么要每天顶着灰尘上班呢……我喜欢玻璃变成黄色，时常有种看老电影的感觉，米色的窗帘也因为洗了无数次，已经看不出原来的颜色。

你知道吗？小城市的青少年，特别是身处衰败工业园区的青少年，他们的绝望比首尔的孩子们要深得多。我的选择非常正确，当然我会先认真地做咨询，但也会常常借助我"丈夫"的力量。

"这个奇怪的东西是什么？"

最初孩子们对它很警惕。

"嗯，这个，是有助于冥想的长丞[1]。"

我慌张地快速搪塞道。

"哦。"

他们真的相信了，欺骗孩子原来这么容易，不相信的人是我自己。幸运的是"丈夫"真的慢慢变得像长丞了，它规律性地摄取深度的绝望逐渐木质化，它的身上出现了既非褐色也非灰色而是半透明状的结晶，"丈夫"的脚日益沉重，不知哪一天落到了地上。这个屋顶从未投入过绿化费用，连一棵草都没有，只是铺满了拳头大小的石头，显得空荡荡的，把"丈夫"立在那里反倒显得好多了，看

1　长丞是旧时韩国人在石头或木头上刻上人脸立于村口、庙门或路边的标志物，可标记里程或作为村庄的守护神使用。——译者注

起来它好像就是为了站在屋顶上而来到这个世界似的，非常适合它。"丈夫"的身后远远的有一片湿地，湿地不知是否被污染了，候鸟们对此尤其敏感，我待在办公室里就能听到候鸟们飞到"丈夫"身旁休息的声音。天花板上传来叽叽喳喳、咕咕、叽喳咕、叽喳咕的叫声，起初听着可爱，日子久了就感到厌烦了，而且令人伤心的是只要我一登上屋顶，它们就马上飞走。我试着像在釜山喂食海鸥一样给它们虾条吃，但它们却不吃，我想把饼干夹在手指间，和"丈夫"一起久久地站着，不过那样一来我的胳膊会疼，候鸟们也该嫉妒了。

"丈夫"默默地站在我的身边，我很满意自己的工作，不久前地区报纸还对我进行了采访。

"听说您的治疗成效显著，有什么秘诀吗？"

记者问。

"我正在尝试采用多种方式。"

记者还照了一张以"丈夫"为背景的照片。

"丈夫"渐渐不说话了，我并不感到遗憾，夫妻在一起久了都会如此吧。偶尔我会锁上咨询室的门独自一人爬上屋顶，然后把"丈夫"放倒，低声缠着它伸出胳膊让我枕一枕，或者在它因绝望凝固而变得坚硬结实的身上躺一躺。在天空之下，怀抱美丽的结晶、过目难忘的形体和上天安排的爱情……我没有把头发留起来，我喜欢风中的潮湿气息。

现在这个屋顶的高度即使我跳下去也能活下来，但我不想再往下跳了。

但是你，作为我的后继者出现的你，恐怕还会经常爬上原来那个屋顶，不知为何，我觉得对你有种奇怪的责任感。我想说清楚，这不是怜悯，怜悯是不受欢迎的，我只是，只是感到发现《闺中女子秘书》的人会是你。你一定会哭，哭的时候一定会坐到最里侧淋不到雨的空调外机上，如果你的耳环、戒指、打火机或者手机什么的掉下来，刚好掉到空调外机的底下就好了，你会在那下面找到我做过防水处理、封起来的信和秘籍。

你一定能理解，所有的爱情故事都与绝望有关，所以一定要找到它，找到我和姐姐们的故事，我命中注定的爱情，以及神奇的、帮我逃离地狱的方法。

屋顶见，姐妹。

　　　　　　　　　　　　　　　　　　孝尽

永远 77 码

爱和辱骂一起死了。

女子在男子回来两个月前死了，晚上 11 点左右，在乙支路有些年头的地下通道里。女子一边抬头看着隔三个就有一个不亮的线条灯，一边诅咒着首尔市。首尔市对女子的死亡负有很大的责任，如果它为市民方便考虑增加人行横道，废弃附近没用的地下通道，女子也许就不会死，如果干脆用水泥把地下道堵住的话……

　　如果不走那个地下道，还有三条，不对，四条其他路线可以走，女子一边等待着死亡一边后悔。地下道的地板不知是漏水还是潮湿的缘故，很多地方都结了冰，她的脚尖不住地打滑。女子明知没用，但还是急切地望着远处嵌在黑色塑料半球里的监控摄像头，她脉搏加快、呼吸急促起来，觉得还不如一下子昏死过去，但她希望的事情并没有发生，只是被按在冰冷瓷砖墙壁上的后背不舒服起来。

那个东西正在吸吮女子的胸口，乳晕上两指最丰满的位置，动作并不下作，在外人眼里会误以为是青涩的恋人们正在种草莓。四周一片寂静，那个东西在同一个位置大概吸吮了35分钟，如果和电影里一样吸的是脖子的话可能会快得多，女子不明白为什么是胸口，既不激烈也不痛苦，恶心晕眩和普通的贫血症状相似，甚至有些无聊。

那个东西操着可爱的方言向她请教公交车站的位置，它皱着眉笑道，以首尔站为终点的循环巴士让它完全辨不清方向，已经坐错了两次，被司机大叔们说得不好意思了只能下车。它的面包裤下踩着军靴，在女子看来虽然它年纪很小显得又瘦，但还是颇具魅力让人愿意亲近。末班车还早，女子上夜班坐了太长时间也想舒展一下腿脚，她完全不知道死之将至，还在无谓地担心什么血液循环。女子二十九岁了，她很清楚所有的小冒险最终都可能付出惨重的代价，只是没想到死亡离得那么近。为什么选择地下通道呢？女子后来自我反省过，自己是否下意识中有想和它在黑暗中短暂相处的欲望？她在心里未作清理的细碎杂念中无论怎么翻找都没有找到，自己只是单纯地想抄近道，和欲望无关。女子欲望的对象只有男子一人，二十岁时是这样，二十九岁时也是如此。

女子在死前的一刹那想起了男子，她没想到肋骨和横

　　　　　　　　　　　　　　　　孝尽

膈膜的移动会这么不舒服，比她胖胖的拳头稍大一些的心脏开始了轻微的痉挛。女子想起了男子，像想起了什么珍爱的东西，她一直都知道自己会在生命最后的时刻想起他，不管她的爱能够实现还是不能实现，在男子身边还是在别人身边，最后想起的都是男子……她只是错以为自己还有数十年的时间可以等。

从概率上来讲男子所处的地方更容易死。当他说要成为一名纪实摄影师前往战乱地区时，女子虽然有心理准备，但看到男子发的照片还是大为惊诧，沙地上噗噗弹起的弹坑就像打出的水漂一样，子弹在男子周围以大于 10 度小于 20 度的倾斜轨道和他擦身而过。看着男子与死神近在咫尺的照片，女子既担心又充满遗憾，就不能直接给我发一张吗？男子偶尔会在社团论坛里上传照片。

女子在校友聚会上见了男子最后一面，因为事先听说了他要出国的消息，女子在百货商店买了一支自己都没用过的保湿效果极强的大品牌润唇膏送给了他，她自认为这是个既不过分又有品位的礼物。那天晚上，男子用已经在首尔空气中变得干燥的嘴唇吻了她的额头，对女子说回头见。他的声音比那一吻还甜，女子记起了那晚冰冷的空气和发烫的额头，再等两个月也许他就会吻在自己嘴上，她活着就是为了那一瞬间……生命只剩下 6 分钟时女子后悔得不行，她如果知道自己的人生是这么糟糕的一个笑话，那天晚上就算踮起脚也要够上他的嘴唇。

当女子觉得再也坚持不住的时候，那个东西终于松了口，从夹克内侧口袋里掏出了一把折叠刀，女子一下子滑到了潮湿的地上。刀看起来很旧，如果被捅上一刀的话要担心的恐怕不是伤口而是破伤风了。女子不理解，马上就要死了还用什么刀？

"甲午年……"

那个东西咳咳一声清了下嗓子。甲午年是什么时候？

"最后的战斗中我们被官兵彻底包围的时候，帐主[1]用这把刀把我变成了现在这个样子，所以我一直带着它做纪念，没想到还能派上用场。"

女子还没算明白，就听见噗的一声刀子刺进身体的声音，她大吃一惊，脑中所有的数字都吓飞了，但奇怪的是那个东西刺的并不是女子而是自己的心脏。然后它抓住女子的脸把她的嘴巴掰开，将心脏中黏糊糊的液体倾倒进她的口中。

"阁下有种古典气韵，我觉得称呼你为阁下很合适。"

它的血放得太久了……有股奶油利口酒的味道，女子

1　1894年朝鲜半岛爆发了反封建反侵略的甲午农民战争（也称东学党起义），帐主为起义军的一级首领。——译者注

渐渐有了微弱的知觉，她心绪混乱，脉搏和呼吸还没恢复。随着知觉的恢复，女子开始在意起她第二贵的大衣被毁掉了，都这个时候了怎么还净是些无聊的心思，如果能动的话女子想摇晃一下脑袋，但她一点儿力气都没有。那个东西在女子上方低着头，它裂开的胸腔中有灰尘在飘，很快它的心脏见底了，女子的心脏也完全停止了跳动，她就这样死了。

"可以站起来了。"

女子看着它，动了动眼珠。

"嗯，还想躺一会儿的话也行。"

女子心不甘情不愿地感到，从这一瞬间开始，活着和死去不再有分别，两者的衔接甚至不需要熄灯转场，虽然她在下意识中还曾期待着会有一个句号或者哪怕一个逗号。

死去的女子艰难地站了起来，抖了抖潮湿的大衣。

女子在试过几次普通食物之后，按照自己掌握的知识订购了鹿血。她的脏器已经不再工作，食物卡在里面时间一长就会腐烂，非要喝水的话也是一泻而下，连水都吸收不了，喝下去就马上排出来。酒也一样，当时正值年底聚餐，她欣喜地发现带个成人纸尿裤就可以保障酒席无忧了。

鹿血虽然可以吸收，却伴有严重的头疼和呕吐，不知是鹿血的问题还是加工过程中添加的抗凝固剂和防腐剂的问题，女子几乎所有的机能都没了，感觉反倒更灵敏了，其中当然也包括痛觉。女子在喝第一袋鹿血的时候就发现了问题，但因为心疼钱还是坚持喝完了，靠鹿血挺了两周。这段时间女子由于恶心引起呕吐，公司里开始流传她的各种传闻，说她是走后门进了父亲朋友的这间中小型医疗器械公司，这让她十分头疼。于是女子每到吃饭的时候就大声嚷嚷，说她刚吃的减肥中药副作用太厉害了。女子的身材是77码，偶尔也穿88码的衣服，大家信以为真，传闻也就渐渐平息了。

一天早上，女子虽然已经睡不着觉却不知怎么迟到了，她为赶地铁跑了几步，结果大吃一惊，只要轻轻一跑她的速度就快得惊人，她豹子般的冲刺让人们为之侧目。女子安全坐上地铁后心下叹息，已经饿得前胸贴后背了居然还能跑这么快，看来永远也减不了肥了！她有一种被困在77码中的感觉，她的目标是在男子回来之前瘦到55码，至少也要66码。她本来还想做头发，但不确定头发还能不能长，所以还是算了。

不能确定的东西太多了，女子死的那天晚上，那个东西说可以教她"永生之法"，它会慢慢教她，让女子跟它走。女子愣了一下，愤怒之余把它推到了墙上，然后大喊

孝尽

道：“算了吧，最危险的东西是什么，你快点说！”

女子想狠狠地骂它几句，但因为平时说话太过文雅根本骂不出来，不过那个家伙撞碎了几块墙砖倒是挺令她满意。去死吧，杀人犯，完蛋吧，首尔市！

“柿饼。”

那个东西一本正经地说。

“柿饼？”

“不能吃柿饼。”

“等等……不是阳光、十字架、银、木桩这些东西吗？”

“嗯，只有柿饼。”

“我不明白。”

“可能真的像传说中的一样，老虎怕柿饼吧？柿饼是全世界不死生物们唯一众所周知的毒药，据说有一段时间驱魔人使用的圣水，有一部分就是浸泡柿饼的水。”

“但是……柿饼不是晾干的柿子吗？”

“没人知道为什么。会不会是这样的呢？柿饼不是晾干了也好吃嘛，柿饼也是不死生物，所以不死生物不能吃不死生物，我觉得是这么个原理，就好像疯牛病一样。”

女子还是接受不了这个说法，趁着这个工夫，那个东西在女子的手机上强行存上了自己的电话号码，这惹得女子十分不快，为了克服这种不快，她决定尽最大可能自由行事，她绝不向加害者请求帮助或者学习什么东西，只要一想起来她的心里就不痛快。有那么一会儿她想过用柿饼自戕，但并不是认真的，勉强适应了死亡状态后，只要再等两个月男子就回来了，就算吃柿饼也要等见过男子一面后，再决定吃还是不吃吧。

女子没有因为死了就能免交房租，而且阳光确实不是最大的威胁，所以她还在努力地上班。经常有同事为女子的面无血色担心，这时减肥总是最好的借口，细究起来也不算撒谎，女子确实有一段时间没好好吃东西了。她像普通的上班族一样慢性疲劳了一段时间后，决定进行新的尝试——兔子。其实在此之前女子就盯上了流浪动物保护中心，但她不想吃狗或者猫，鸡这种禽类买起来倒是容易，她又提不起胃口，最后看到别人因为喜爱而上传的兔子照片，感觉兔子繁殖力超强应该还不错。女子在近郊的兔子养殖农场转了很久，选了一只最大的兔子，一般人都偏爱小的幼兔，农场主们对她的特殊喜好非常欢迎而且价格也给的公道，当女子看到自己抱着兔子的形象映在玻璃窗里时，她对自己产生了厌恶。

女子吃了活兔后长出了牙齿，是在虎牙内侧新冒出的一对牙齿，牙床没有肿，只是每次她在吸吮兔子的后脖颈时，会感到体内有不知是结节还是病变之类的东西在生

孝尽

长。新长出的牙齿包在比其他部位都坚硬的牙床里，只要她用舌头轻轻一压内侧，牙齿就会"咻"的一下弹出来。需要稍微小心的是，在被小区孩子们踢起的足球砸中、与急速飞驰的快递摩托擦身而过时，或者在满员的地铁中被人踩了脚等小小的危机瞬间，那对牙齿就会反射性地弹出来，幸亏它长在原来牙齿的内侧且带有一定的弧度，不会被其他人看见。

女子辗转多个农场后，和其中一个兔子养殖农场签了快递合同，她说要开一间法式餐厅，农场方完全没起疑心。

女子第一次喝人血是在男子回来前一周的时候，后来她多少有些后悔喝得太晚了，这对她来说真是神奇的经历。在喝兔子血的时候，女子总是觉得脏器内有灰尘在飞，晚上翻身的时候那声音就像胡椒罐里的粉末在晃动，而人血只要吸食很少的量，脏器和皮肤就都润滑了起来，传遍周身的温暖和润泽让她有一种麻酥酥的感觉。体重虽然没降，但松弛下垂的皮肤得到了完美提拉，早上恼人的浮肿也消失了，女子的身体状况得到了前所未有的好转，甚至不用再穿钢圈文胸了。

这一切都多亏了 24 小时新闻。女子死后再怎么困都睡不着觉，眼睛闭上了意识还是十分清晰，她整夜都在焦躁不堪地想着事情，比如努力回忆两三年前吃过的柿饼味道，不断制订一些谈不上严谨的如何偷偷让那个东西吃柿饼的计划，接着又想起北美原住民对死亡的描述——死亡是距我们一臂之遥的朋友，不知何时它就会轻轻地把手搭上我们的肩头。整个24小时里女子的意识都成了结构严谨的句子，没有模糊的单词或破碎的形象，她陷入即将崩溃的边缘，为了让自己晚上不那么清醒，她干脆整宿看电视，而在众多的频道中最充满戏剧性又耐看的就是新闻频道。原来这个世界上到处都是比她活得奇怪或死得离奇的人，这一事实干巴巴地安慰了女子，那一天还有一条有关红十字会血液管理的新闻。

"目前A型血由于供大于求被销毁，但其他血型特别是O型血的储备量已不足两周……"

这是每年都会重复的新闻，电视中的影像资料显示着熟悉的献血场面，女子吃惊得半坐起身，献的血居然要被扔了，而她还在喝兔子血！

女子第二天就着手行动，多亏在医疗器械企业工作，她没托几层关系就找到了生物废弃物管理公司，在韩国没有托两层关系办不成的事，也许整个世界都是这么运作的。女子掌握了剩余的血液是在何时何地被如何处理的，其余的事情就迎刃而解了，新鲜的血袋定期送到了她的手里，而且过程没有丝毫的暴力，死亡并没有夺走女子特有的善良，她对这一点感到很欣慰。

在喝人血的时候，女子周身死亡的细胞有那么片刻好像都忽然复活了，已经停止吸收其他一切食物的身体拼命地吮吸着人血，没有一点腥味，口味酸甜，就像夏季限定口味的运动饮料。女子十分自豪，她没有给那个东西打电话，就自己掌握了"永生之法"。

男子回来后一连睡了三天，接下来的两天和朋友们叙旧，然后才轮到女子，但她并没有伤心，单相思就是要扛得住怠慢。女子主动联系男子约好了时间，然后见面前的三天都待在镜子前，镜子没有拒绝她，而且比她生前更为宽容，她承认自己一辈子包括死后从来没有这么认真地准备过。

男子的脸比以前瘦了，他笑着说拉肚子拉得很厉害，他嘴角上以前未曾察觉的细纹让女子已经不再跳动的心脏产生了电流，想到两人已经亲近到可以聊拉肚子的话题，一种奇妙的欣喜接踵而至。他未加修饰的发型、被太阳晒爆皮的鼻梁、恶劣气候下起泡的手，这些都遮挡不住男子耀眼的生命力，女子忽然想把他的手指放入自己体内，放到哪里都行，这一念头并没有让她脸红。

"在这里，在毫无灵魂的首尔绝对理解不了，死亡就近在咫尺。"

女子说能理解，其实她比男子更能理解。嘲笑的表情在男子的脸上一闪而过，察觉到这一点的女子忽然心口发疼，也许是她死后更敏感了……将灵魂和首尔相提并论是那么的老土过时，他真的离开首尔太久了。男子对女子的反应毫不在意，接着又谈起了沙漠和雨林，在荒芜的三角洲上尸体堆积如山，彻底腐烂的尸体偶尔会发出砰砰的声音炸裂开来，有一次他还见过死掉的水牛，本来就体形巨大的水牛可以膨胀到原来的三四倍，一旦炸开不知会成什么样。能让男子破防的主要是孩子们，他忘不了将炸弹藏在怀里的少年，以及在留不下足迹的沙漠和连船只都无法进入的雨林中死去的少年。女子虽然生前和死后一直都在给帮助战乱地区儿童的团体捐款，但一想到男子根本不会相信，不禁有些自惭形秽。

　　酒劲上来后男子哭了，女子认为能在她面前放下颜面恰好证明了两人关系的亲密，她高兴了起来，但又不能太过乐观。上大学的时候，一个嘴快的同学到处散播她喜欢男子，男子就曾装作完全不在意的样子，和她另两个同学深交过，还有好几个她不认识的女朋友，现在轮到她，她也明白这长久不了。女子等待得太久，她发现那个东西的话是对的，在她身上有古典得令人窒息的东西。

　　于是，女子做出了如果活着绝不可能做出的选择，她装作喝醉的样子靠在了男子身上，期待着 V 字领能发挥作用，这件衣服是完全没觉察到她的死亡、仍然对她尽心尽力的朋友们冥思苦想四天三夜后帮她选的，大大的 V 领虽然看不到乳沟却能让人对乳沟有所想象。而酒正直接穿过女子的身体，打湿了成人纸尿裤。如果真的醉了可能还舒服些。

女子起身的时候装作扭伤了腿，这是最后的信号，她成功地进入了男子的公寓。

房间还未拭去空置已久的痕迹。男子先去洗漱，女子环顾屋内莫名紧张了起来，不知他会不会发现，她已经死了。女子将手腕内侧放在鼻子下闻了闻，有一股淡淡的纸和石头的味道，她从包里翻出随身携带的香水。男子尴尬地笑着走出来，女子也进入浴室，用水打湿了没什么好洗的身体。

"你的皮肤好多了。"

男子伏在女子身上说道，女子抿嘴笑了。

"冷吗？要不要把地热打开？"

"你摸摸我吧！"

女子应该能湿，虽然她死后一次也没湿过，但如果是男子的话应该可以吧，而且她还喝了人血，怎么也可以再……女子闭上眼睛，想象着自己的身体。男子手指所到之处留下了如花瓣一样泛着红光的指纹，手移开后那个印记还会亮上一会儿。女子假装吸气，又假装呼气，男子执着地努力着。

但女子还是没湿，她体内的许多功能都已经消失，没有办法了，在放弃的那一瞬间她想到，润滑凝胶不会是已死的人发明的吧。

男子从他的角度努力寻找着女子不湿的原因，他嘀咕着是经验不足太紧张了吧。其实女子在等待他期间，一直有一些短暂不成功的恋爱，也不算太没有经验，但她觉得让男子这样以为更好，因为女子在他理解关爱的表情之下看出了焦躁和不耐烦。最终放弃的男子慢慢起身，拉过一把椅子坐了下来，然后用略微飘忽不定的嗓音要求道：

"给我用嘴吧！"

这个要求好像应该满足，女子最近从午夜新闻中了解到口交是口腔癌的最大诱因，但现在她也不会得癌症了。女子用舌头轻轻确认了一下新虎牙所在的部位，尽管有些微阻滞的感觉，但还老老实实藏得很好。

"我先喝点水。"

起初反复的动作多少放空了女子的大脑，她要集中精神藏好牙齿，整日都没停歇的神经得到了片刻喘息，而且可喜的是即使男子的身体顶到了她的嗓子眼儿，她也没感到恶心。

但很快女子的嘴唇酸痛起来，她开始好奇男子那张看不见的脸上正在做出什么表情，疑虑扑面而来，过了今天还能再见到他吗？就算能见到又能见多长时间呢？女子终将被抛弃、被消耗，就像迄今为止那些被消耗的女孩子一样。以后如果有谁向他提起女子，他的表情都可以想见，女子很清楚那副一边做出难堪的样子、一边又给对方无限想象空间的表情，因为她就曾见过好几次……女子突然升腾出一种渴望，但绝不是对男子暴起血管的饥渴，她长久的爱恋比食欲更强烈。她的欲望是消灭那种可能性，消灭所有变化多端、无耻苟活的一切，就像真正喜欢的电视剧和漫画片，如果太过冗长就会希望它赶快结束，那种对大结局的渴望。女子哪怕死了也仍然是个人啊，就在她哎哟一声感叹的瞬间，她感到牙尖鼓了起来，男子原本抓住女子头发的手猛地拽紧了。

　　那个小小的动作唤来了死亡。

　　女子的牙齿自动弹了出来，她还没来得及把嘴拿开，男子充血的海绵体就被戳了个窟窿。臭婊子，男子大声惨叫。从那一刻开始女子闭上了耳朵，当选项只剩下一个时反倒变得容易了，爱和辱骂一起死了，和被拔下来也许再也长不出来的头发一起。女子没有屈服于欲望，而是沉浸在悲伤之中，她咬着不小心戳破的洞又开始吮吸起来，虽然和刚才的行为完全不同，但是远看又让人觉得差不多。

男子愤怒地想推开她，女子却一动不动，她用一只手捂住男子的嘴，用另一只手抓住了他的两个手腕。

奇怪的是男子的血并没有什么特别的味道，女子还期待着驰骋沙漠者的热气、纵横雨林者独有的香气，但也只是温度适宜、味道普通而已。女子被那个东西吸走了四升多的血，而她差不多从男子身上吸了六升，在喝最后两升的时候，女子虽然知道量已经够了但还是没有停下来。她想到自己可能会变成一个通红的硅胶，又害怕硅胶不断膨胀也许会炸开，但她还是停不下来，她不能把男子……剩下。

一切结束后，女子在男子身边躺了一会儿，枕了枕他的胳膊，又枕了枕他的胸脯，但哪个姿势都不舒服。于是她起身参观了一下男子简单的家具和工作室，里面不仅有冲洗出来的近期作品，还有影集，从婴儿期到最近的照片都浓缩在那个小小的简易影集里。女子只在大学的团体照中出现了一次，这一点她早已预料，但还是不太舒服，光是与男子有关的记录她那里就有一箱子，虽然杀死男子她并未感到遗憾。

女子回到男子身边，摸了摸他的头发不知不觉地自言自语道：

"等到柿饼下来的时候……"

柿饼还得是当季的才好，女子的亲戚有种柿子的，从

孝尽

小她就吃过质量上乘的柿饼，接受不了冻过的。失去体液干瘪起皱的男子让她悲伤地联想到冻柿饼，糖分尽失。

女子虽然没觉得男子可怕，但她不知道该如何处理他，肯定不能像处理兔子那样。尽管心里不情愿，女子还是第一次向那个东西请求了帮助。

"……你到底是咬了哪里了？"

不到一个小时，那个东西就到了，它一边查看着男子的脖子一边这样问道。这时候女子已经给男子仔细穿好了衣服，那个东西一副与其说是好奇不如说是嘲弄的表情，女子没有回答。

吸血鬼将男子窝着塞进看起来十分怪异的大号行李箱里，然后让女子把男子的行李打包，钱包、护照、工作用相机和衣服，一个大背包就装下了。女子和那个东西的手都十分干燥没有留下任何指纹，男子公寓的管理相当松懈，从里面溜出来也不难。

两人将男子装在后备厢里开上了奥林匹克大道，吸血鬼社群很轻松地掌控着全国各地的火化炉，他们的目的地是其中的一个。女子生前还想不明白，在人口密度如此之高的狭小国土上失踪者怎么可能彻底失踪，现在她知道了答案，因为他们身上发生了糟糕的事情，就像女子一样。这时候，那个东西问道：

"那么，你要在首尔一直待到柿饼下来的时候吗？"

虽然听着像是询问，其实接近于提议了。

"不，怎么可能。"

女子虽然没有计划，但还是装出有的样子，看着她赌气，吸血鬼孩子一般愉快地笑了起来。几个小时后，它一副入殓师的样子将火化完的男子仔细地碾碎，女子把似乎散发着甜味的漂亮粉末分装在空胶卷筒里，胶卷筒的数量和男子的年纪差不多。女子不顾吸血鬼的劝说，将男子相机中最轻的一个当作纪念保存了下来。

处理工作和房子没花费太长时间，女子尝试过后才发现，她的生与死都可以浓缩在一个背包和行李箱里，她满怀希望地想到，旅行结束的时候行李箱是不是也可以不要了。走之前，女子将一筒骨灰倒进了汉江，她和男子不一样，她真的喜爱首尔，甚至可以在休假的时候和朋友们一直窝在咖啡馆里。女子用冰冷的嘴唇吻在朋友们的脸上告别，现在很难再和她们一起休假了，朋友们轻轻地笑着，她用退掉房子后拿到的押金给父母换了一台电视机。

一开始，女子沿着男子拍照片的路线选择着目的地，她努力辨认出男子按下快门的地点然后撒下一筒骨灰。其实再没有比吸血鬼更高效的旅行者了，她不用睡觉不用洗漱，住宿的费用大为减少，虽然没什么要洗的衣服，但她有时还会装作等待的样子，在 24 小时投币洗衣店的长椅

孝尽

上过夜。大多时候她都会选择偏僻的道路，缩地大法的传说大概就是有人在看到吸血鬼奔跑的样子后传播开来的吧。把亚洲女性当作目标接近的傻瓜们总是层出不穷，所以她从来就没饿过肚子，一夜情的人吸个二百毫升就罢手，犯罪的人则喝他两升，然后扔到暗处。

等到装有男子骨灰的胶卷筒都扔完之后，女子对旅行失去了兴趣，她离开时虽然想着再也不回去了，但现在觉得还是首尔好。当女子把旧 T 恤都送给路上遇到的孩子们，背包里的行李只剩下一半时，她决定回去了，回到出生、死去的城市。

女子很容易就又找到了工作，这个地方除了和上一个单位的名字不同，其他都几乎差不多，如果说有什么稍微值得欣慰的就是这一次她没有走后门。女子在治安不太好的小区找到了很便宜的房子，首尔最危险的说不定就是她呢，所以也没什么关系。

作为平安归来的礼物，吸血鬼礼节性地递过来那把陈年古刀。

"为什么送给我啊？"

"现在虽然用不着，以后你会遇到想一起死的人，那时候用吧！"

"你不需要了吗？我不会和你在一起的，你不得再找几个吗？"

"心脏里的精华要积攒上一百年，才能再发展一个，死也要爱惜点呢！"

女子听了这话后，偶尔会左右摇晃一下身体，掂量着心脏里是不是已经积攒下了什么，那个叫作精华的东西好像在轻轻地哗啦哗啦响着，不过离形成乳状还早着呢。但每年冬天的时候，女子总是在最喜欢的大衣内兜里装上那把甲午年的刀，徘徊在乙支路地下通道里，也许她还能找到一张长得像男子的脸。

到目前为止，女子还没有吃柿饼。

孝尽

宝妮

死在二十一世纪的人，

最终都会变成数据啊。

姐姐死了。

突然、忽然、猛然、猝然、眨眼之间、就那么、突如其来、一下子、一瞬间、没来由地、当场、匆忙间、眨眼间、冷不防、霎时间死了。

"如果不给孩子取那个名字，她就不会死吧？"

葬礼上，妈妈一脸茫然地问爸爸，爸爸不想回答。姐姐叫宝妮，韩语意为栗子内皮，半透明的，细屑飘飞。妈妈恨不能现在再给姐姐改个名字。我装作什么也没听见，摆弄着自己和丧服完全不搭的亮褐色头发，姐姐连染个头发的时间都没给我。爸爸站了起来，步履踉跄，坐在一旁面色惨淡的叔叔们跑了过去。如果姐姐公司的人过来，我一定要躲开这个地方。

是该把姐姐去世的消息发出去了，但似乎任何 SNS 都不合适。我在姐姐还未退出的几个账号里发了讣告，然后只短信告诉了奎镇和玛琪。我不想叫其他的朋友，只是他俩也和姐姐认识了很久，还是应该告诉一声。

我走到殡仪馆外，天很冷，好在丧服不透气，像个塑料口袋一样，袖子时不时地鼓胀起来。是不是忽冷忽热就容易猝死啊……我自言自语着，想弄明白到底是怎么回事，36个小时前姐姐还活着，这不应该是温差的问题。我在不太干净的长椅上坐下来，前后晃着身子等朋友们来，时间真慢，真漫长。

"我得学点什么。"

"……真的吗？"

"别人都在学外语，还有游泳、跳舞。"

"你们公司的人吗？"

"我们这个工作，需要不断来点刺激。"

每次去给姐姐送东西，都会惊讶地发现他们组长总是戴着同一顶鸭舌帽，如果他得了真菌性皮炎我一点儿都不奇怪。连睡觉、洗澡时间都没有的一群人，他们什么时间学习呢？也许因为是竞争性行业，才聚集了这些争强好胜的人吧。

"那个戴帽子的大叔也学吗？"

"组长不学，他不怎么回家，但是其他的前辈们有空就学这个学那个的。"

"真厉害！"

"就是不能闲着呗，每个人都是。"

偶然想起我和姐姐的这段对话，但这不是我俩最后的对话。我们最后一次说的是什么？说什么来着呢？长椅上有一股难闻的味道，景观树上垂着几只死了的大蜘蛛，前额上的头发老是扎眼睛，我终于想起来了。

是我在网购的时候，我停下鼠标，转过身来问姐姐：

"我想买条加绒打底裤，你要不要？"

"嗯，买一条吧。"

"什么颜色的？"

"黑色。"

"踩脚的还是不踩脚的？"

"不踩脚的。"

醒醒啊，姐姐，你不能就留下这么几句稀松平常的话就死了啊。我一下子哭了出来，发出野猪般的叫声，姐姐死了，她的加绒打底裤还在快递途中。

呀，呀，宝允呀。有人不知所措地叫我，摇晃我的肩膀，我流着鼻涕抬起头来，朋友们到了。

"我认识的一个大哥前几年入职了园艺公司，出事时天也不太热，也不是最忙的时候……大早上的人就死了，进了他自己原来负责的追思园。"

奎镇说道，他的脸上爬满了胡须。奎镇在 IT 公司上班，说话时的脸色看着好像也要死了似的，我不知道他想说什么，是说也有人像姐姐这样死了？那又怎样？玛琪轻轻碰了碰奎镇的胳膊，好像要替我阻止他。可就在那一刻，玛琪也刺激到了我。我虽然知道她没什么黑色的衣服，可是也不能穿着这么短、这么紧身的衣服就来了啊。玛琪每次从座位上站起来、走回来的时候，吊唁的人们都望向她。玛琪所有的动作都像在跳舞，她充沛的活力不知怎么这么让人难以忍受，有她在，姐姐的棺椁似乎可以再小点、再矮些……

"还有谁？"

我脱口问道，两个朋友疑惑起来。我的大脑和舌头好像已经不同步了，我再次问道：

"你还知道谁？忽然猝死的人。"

我望向玛琪。

"我大伯，还是神经外科大夫呢，脑出血死了，谁能想得到！他头疼得厉害，打了电话让楼下的住院医师上来，但还是晚了。虽说不是猝死，但很快人就走了。"

玛琪一边搅动着寡淡的牛肉汤一边回答，这时候有人艰难地脱了鞋，走过来和我打招呼。我一下子没能认出来，帽子组长脱了帽子看起来像变了一个人。原本以为见了姐姐公司的人会非常生气，但是看到他们糟糕的脸色，我也泄气了。

第二天，奎镇和玛琪又来了。出殡赶在早上，我们坐公交车到碧蹄时用了不到三十分钟。火化炉上贴了一溜儿的号码，姐姐是 22 号，21 号是个老爷爷。等在那边的人看起来有我们的三倍，应该算得上是喜丧了，大人们哭上一会儿，缓过劲来还会抓着年轻人催问他们打算什么时候结婚。相比之下我们家的人就太少了，大家怕妈妈哭晕过去，都僵着身子踱来踱去。姐姐知道吗，年轻人死了，走的时候都没人送。姐姐细碎的骨头被提前送了出来，我痛苦地看着工作人员把还未散去热气的骨头放进研磨机中磨碎。姐姐被送进了粉碎机啊，就要被打碎了，我想大叫，但是因为妈妈，还是没有叫出来。玛琪和小姨在两边搂着我，但不像是安慰，倒像是挟持。

两周之后，奎镇来了我家。

"你不考试了吗？"

"能行吗，你这样子？"

几天后的招聘考试，我早早就报了名，但现在也没什么心思了。只当是去考场里坐一坐，地理教育专业的编制本来就少，即便姐姐没死，我能考上也是很渺茫的事。爸妈给姐姐起了个好听的韩文名字，我的名字用的是有佛教寓意的汉字，也许正因为此，我就像慢慢转动着轮回车轮的地藏菩萨一样，过着长寿的日子，面无表情地看着车轮一圈、一圈、一圈地转着。

奎镇慢悠悠地从书包里掏出平板电脑。

"我做了点东西……"

奎镇打开一个窗口，藏蓝色的背景上出现了一些白色的点和虚线，点的下面罗列着人名和看起来是表示年纪的数字，中间用逗号隔开，我很容易就在其中看到了姐姐的名字。

"这是什么？"

我没有发火，但声音听起来很尖厉。

"我也说不好。"

奎镇惊慌失措地接着说：

"不光你姐姐，还有那个大哥，我觉得有点不对劲儿。"

网站的名称叫作"猝死.net"，十几个人或单独排列，或用虚线连接在了一起。

"虚线是什么意思？"

"虚线和虚线相交不是灰色的点吗？就是熟人的意思，死去的人也可能相互认识，这样可以表示他们之间的关系隔了几层。目前这上面还基本是我们圈子里的，已经死了很多人了。"

我仔细看了半天，还是不明白。

"你做它干什么？"

奎镇不知所措地躲开我疑惑的目光。

"对不起让你难受了，我把你姐姐的名字删掉吧。"

"不是，你做这个到底为了什么啊？"

"我，你，还有玛琪，不是都认识一位吗？收集这些人的信息再连接在一起，也许会有什么答案吧？我怎么也接受不了，我就是……要不然你……"

"这个，是个地图啊！"

我轻轻点了一下姐姐的名字，"李宝妮，32"，没有什么变化，我还以为会出现个弹窗什么的。

"还需要再下点功夫啊。"

"这和接吻地图很像啊！"

玛琪漫不经心地说。我和奎镇还不知道那是什么，了解之后才明白原来是外国的年轻孩子们无聊之余发明出来的，谁和谁接吻了，可以用这个关系网一直连接下去，据说类似的还有性关系地图。别人都在做一些轻松的东西，我们做的居然是猝死地图，真不知道该说啥了。

"我不喜欢这个设计，信息量也太小了。"

虽然遭到了玛琪的嫌弃，奎镇却并没有不高兴，他决定找个认识的设计师，让光标移动到哪儿，就显示些简单的信息出来，但是显示什么内容却不太好决定。

"你就是想让人感到震惊吗？这是你的目的？"

这个问题很关键，作为一个艺术家，玛琪有她犀利的地方。玛琪的本名叫任慧智，她从小到大用的 ID 号都是"imagination"[1]，这虽然是个常用的单词，倒是和她这个人很契合，所以她的别名和艺名都叫玛琪。奎镇上了计算机专业，我上了地理教育专业，玛琪学的是现代舞蹈，我们相互都不太了解对方在干些什么却还能做朋友，也算是件新奇的事了。

"那宝允和我来设定一些基本的问题吧，既然要做就把它做好。"

果断和执行力是玛琪最大的优点。

"舞蹈家们都不会猝死吧？"

我一问，玛琪就笑了。

"反正我认识的那些家伙们都活蹦乱跳的，活得还行，不过谁知道呢？"

现在玛琪与其说是舞蹈家，不如说是个行为艺术家，她们团体里不仅有跳舞的，还聚集了各个领域的人。我和奎镇看过几次玛琪的演出后近来都在尽量回避，她全身涂

---

1 文中姓名玛琪，取自 imagination 的部分音节。——译者注

孝尽

满水彩跳来跳去的样子耐人寻味，令人印象深刻，但是对于一般人来说，要想看懂还多少有点难度。

网站以自己的速度逐渐为人所知，说不上快也说不上慢，然而自动登录的弊端不久就暴露出来了，大多数注册的案例都不符合猝死的概念。我们仨时常要仔细查看猝死的定义：

猝死［名词］［医学］
外表健康的人突然死亡，因心脏停止跳动或在本人不知情的状况下疾病恶化，于发病24小时内死亡。
参考词汇：突发死亡

注册错误的案例大多是因事故死亡的，交通事故、坠落、触电、被台风吹落的招牌砸中，甚至还有可能是他杀……这些虽然是突然间的死亡，但不是猝死。每当这时我们不得不写封简短的邮件说明一下，然后删除数据，给那些已经失去亲朋好友的人发这种邮件，并非我们的本意。

"冷静些，安慰他人不是我们的目的。"

还有很多案例我们也不知道该不该删除，一位在工地打工的大学生注册了朋友的死亡，他说朋友从脚手架上跌落之前，出现了晕眩和呼吸困难的症状。

"但是起决定作用的死因不还是坠落吗？"

玛琪虽然这样说，但还是决定保留这个案例。"许浣洙，21"，又一个白色的名字。

虽然安慰他人不是我们的目的，但是网站的使用者们应该还是从彼此那里得到了安慰。据说，一个人的自杀会极大地改变六个人的人生，那么猝死会影响几个人的人生呢？

为了让使用者之间能够进行简短的交流，我们又添加了一些功能。

起初我们还奇怪，怎么注册的死亡案例主要集中在30岁以下的人群，隔不多久四五十岁人的信息就开始出现了，原来不是30岁的人猝死的更多，只是我们知道的有限。

"聚餐的第二天，我丈夫再也没起来。他是11点左右回来的，也没喝多少酒，就是再也起不来了。我总在想，夜里他是不是发出了一些轻微的响动，而我没感觉到呢？"

这些多多少少有所耳闻的故事枯燥地重复着，每一次读来都很难受。再也没起来的人（金永贤，54），在公司运动会上倒下的人（洪建益，55），和高中同学爬山途中倒下的人（郑文奎，50），晚饭时心绞痛的人（李学庸，58）……都和姐姐没什么差别。

听说姐姐是晚上加班的时候感觉不舒服，自己叫了救护车，她走得最晚，连个帮忙的人都没有。反正也没人，姐姐也就没有大声呼叫，她原本就是这样的人。也许救护车来的时候，她轻轻地招了招手，说了声我在这里。

国际癌症研究所称，深夜工作属于二级致癌物，那么作为猝死的原因能排第几位呢？姐姐进入公司后就一直在加班，因为大家都是这样生活的，所以她也没表现出什么。

"你有必要这样吗？又不是家里有谁需要你负担。"

那一次我向她发问时，表情一定很糟糕，一副即使我有姐姐的能力，也绝不像姐姐那样活着的表情。

"你真够傻的，还说什么感动！客户们赞赏一下、严厉的上司夸奖几句，你就能像小学生似的热泪盈眶！我从小到大得到过足够的爱，不需要那些瞬间的满足感。真是疯了，你没毛病吧？"

我理解不了那些满足感，和姐姐不同，我给不了任何人满足感，任何人也给不了我满足感。这个世上有姐姐这样的人就够了，我总觉得我这样的人即使是个零件，也成不了核心零件。

我在网站上又添加了几个问卷项目：是否从小就是学

习成就感很高的人？是不是家中老大或者兄弟姐妹中特别有责任感的人？家庭经济负担有多重？

纸箱厂里惨遭奴役的外国工人在和四名室友共同居住的小屋里咽了气。我原来还不知道，纸箱子是需要工人一天干16个小时才能生产出来的，还以为只要机器转动就行了，居然有人因为制造纸箱子死掉了。来自印度尼西亚的"西基提·雷斯塔鲁，28"，为了注册这个名字，我们又将姓名一栏延长了几格。

刚开始注册的职业在大家看来都需要大量的体力劳动，渐渐许多乍看起来并不需要在那种环境下工作的人也出现了。美术指导（郑昌珉，39）、模特 (全多仁，24)、面包师（尹熙淑，40）、记者（白亨珉，48）、出版社编辑（申美慧，32）、制片人（金正云，56）、雕塑家（千基镇，49）、剧作家（朴庆恩，37）……

"模特不会是因为饮食问题吧？"

"谁知道，也可能是因为别的问题。"

"天哪，我还知道这个人开的面包店呢！"

玛琪叹息道。

"她家的法式面包特别好吃，里面放了大量的干果。她没有雇人，自己一个人干确实很辛苦……我还以为店主搬家了或者想暂时休息一下才关的门，没想到去世了。"

"不在公司里上班的人也一样会猝死啊，他们也有什么不得已的？"

奎镇一边看着显示屏，一边说：

"为了生计吗？"

玛琪像似愤愤不平地回答：

"公司虽然可恶，但有时也是你的铠甲，处于组织之外的人没有任何保护装备，只能和这个世界单打独斗。"

这或许也是在说玛琪自己，玛琪在舞蹈兴趣班里兼职的时间，要远多于她准备演出的时间，想在职业和生计之间找好平衡点，在我们这些外人看来都不容易。有一次她因为伤到脚踝，还丢了讲师的工作，万幸的是没有留下后遗症，如果变成慢性的就更糟了。

"我喜欢兴趣班的孩子们……但看着他们，总觉得胸口堵得慌，真能把舞蹈跳成事业的孩子能有几个呢？教着这些重复的动作，我又能坚持几年？"

"你不是也有辉煌的时刻吗？"

我刚说完，玛琪就笑着瞪我。

"你又不经常来看。"

"你跳舞的时候多穿点衣服，我就去。"

"你好无趣。"

"也许是吧，和我比，我姐姐确实是有趣的人，干的事也有趣。可为什么无趣的人反倒留下了？有趣害了姐姐吗？"

"你姐姐到底做什么工作？"

"数字营销，说是公司里正在主推的部门，被提拔后做出了很多成果，她没和别人提起，只和我说了说。"

正在研究新型农业的年轻新农人（杨奎焕，33），在实验室里倒下的研究生（沈镇成，35）。我审查、注册完他俩的资料，退出了页面。

奎镇一直背对着我们，为这些猝死的新人们制作了更小巧、醒目的图标。

猝死有很多明显的要素，过劳、压力、人格侮辱、恶劣的工作环境、始于竞争终于榨取的行业氛围、迟迟未被发现的疾病、缺乏运动、醉酒文化……但是这并不适用于所有案例，有很多人不知道为什么就莫名其妙地死了。这些人毫无征兆地死了，没有留下一个恰当的理由，让人不知该如何面对。

难道他们的基因里设置了定时炸弹？要不就是因为他们的心脏太累了？我们三个人一起苦恼过，我一个人也苦恼过，终于有一天我决定不再苦恼。也许有一定比例的小青蛙就是要死掉，一定比例的骆驼、蝙蝠、鳄鱼、章鱼也是如此，只有我们人类无法接受自然的淘汰，哭着喊着做些没用的事，总有一天我们会愿意从所有的一切中脱身退

　　　　　　　　　　　　　　　　　孝尽

后一步。

姐姐是被淘汰的吗？是我们这个物种悄悄舍弃的一部分吗？就像蜗牛把津液留在身后那样？

我回家扔了姐姐的牙刷。每天早上姐姐的牙刷都在那里，爸爸妈妈一定看得见，却没人扔它，只能由我来了。我观察了几天，没人提起牙刷的事。

在默许之下，我开始将姐姐散落的东西收进她的房间，扔掉或者处理掉。每次进姐姐的房间都能闻到眼泪的味道，我能闻到不存在的味道，这虽然奇怪，但是我每次从外面回来，房间里分明有一股眼泪的味道。不知是妈妈还是爸爸，一定有人在那个房间里哭过，它和海风的咸腥气不一样，而是带着微弱的、痛苦的动物性咸味，每次我走进去都要做好心理准备。

我们一般在奎镇的家里碰头，他的父母留下奎镇一个人回了乡下，家里总是空着。起初进出他家还有些不太习惯，我们虽说是老朋友，但以前最多在小区的啤酒屋见个面，从不去彼此的家里。不过总在外边见面我们也没钱，奎镇家就成了会面的场所，好在他家空空如也，毫无生活气息，也就没多少闯入私人空间的感觉。

奎镇从中学开始就是一副复读生的面孔，复读的时候就更是了，直到现在还是复读生的样子，这副面孔估计再用上十年也绰绰有余。他的脸总是粗糙带有倦色，上学的时候也是一样，午饭时间从来不像其他的男孩子一样出去运动，总是和我们在一起，因为不能马上洗澡，所以他讨厌流汗。

"不好但也不差。"

这大概是奎镇对我和玛琪说得最多的一句话。穿超短裙会不会有人说闲话？双眼皮已经消肿了吧？头发是不是漂得太厉害了？要不要买这顶帽子？这个送给男朋友怎么样？不管我们问什么，奎镇总是松松垮垮地往后一靠说，不好但也不差。就像挂在他嘴边的这句话，奎镇性格客观，从不拖泥带水，对什么事情都热情不起来，从他的样子就能看出来，我们之所以还能活着没有猝死也许就是从不冲动的缘故吧。因此当听到奎镇说，"我向你姐姐表白过，被拒绝了。"我惊得一激灵。

"什么时候的事？"

我想装得若无其事，但这一次我的声音并不配合。

"大学二年级的时候。"

姐姐和奎镇上的是同一所大学，奎镇二年级的话，姐姐应该是刚结束休学开始复课的时候，我在另一所大学，并不知道他们二人曾走得那么近。

"我们每天坐同一辆公交车，回来的时候也一起回来。"

"碰巧的吗？"

"你姐姐以为是，其实是我在等她。"

"你怎么看上了姐姐？"

"吃拉面的时候，你姐姐的酒窝真可爱啊。"

我想起了姐姐的酒窝，她笑的时候没有，哭的时候也没有，只有在吃东西的时候才会出现的酒窝。

"你表白之后，姐姐说什么了？"

"东拉西扯的，她不想伤了我。"

"像姐姐做的事。"

"我一直等着，想等你姐姐大几岁再说。"

"再表白一次？"

"嗯，等你姐姐到三十五岁，我在杂志上读到过，女孩子到了那个年纪都会心软，容易犯错。"

"你还等着她犯错？犯错？如果在这之前出现了别人呢？"

话虽如此，但已经是毫无意义的假设了。

"这个嘛，我只能静等鱼儿入网喽，如果成了的话你会祝福我吗？"

奎镇笑着问我。我突然发现已经很久没见过他这种不出声微笑的样子了，姐姐虽然看起来聪明，但在某些方面又欠缺很多，也许真的会入网吧，像条小鱼一样。

"嗯……虽然不好，但也不差吧。"

我用奎镇的话回答他，这一次他放声大笑起来。我笑完停下来，想象着他俩在一起的样子，那一天我几次努力描绘出那幅场景，好像描绘得出来又好像描绘不出来，但不管怎么说我发现我的歉疚感消失了。一直以为奎镇是因为我才做的网站，下意识有些抱歉，现在知道原来是因为姐姐，顿觉无比轻松。为邻里朋友做这么件麻烦事是个负担，但如果是为自己喜欢的人做，那就理所当然多了。宝妮，喜欢你的原来是个小男生啊！每次这样叫姐姐，她都会大声地回答我，现在姐姐不在了，我的心啊……

我每次笑的时候，都希望盈在心底不忍直视的东西能够蒸发掉几克。

我对奎镇的歉意刚减去几分，又对全国人民感到抱歉了，玛琪坚持认为"猝死 .net"是个艺术项目，领取了政府的赞助。

"不是，政府赞助可以乱领吗？怎么会给我们？"

纳税的人一定会觉得气愤，我看着奎镇，老老实实交税的人不觉得亏吗？奎镇一副不置可否的样子，好像在权衡该怎么办。

"怎么是乱领？本来艺术就得靠搞艺术的人，你以为谁都能做？你怎么知道他们不是因为喜欢我的作品集才给的？而且老实说，这是个有意义的项目，对吧？还能比这个更有意义吗？"

玛琪得意地说。确实，以玛琪华丽耀眼、惹人争议的作品集来论，也许领这个钱也不为过。

"我们用这个钱干什么呢？干什么，干什么！"

玛琪兴奋无比，奎镇说道：

"正好，换个服务器吧！"

"服务器？"

"其实我们一直挂在一个我认识的大哥的服务器上，现在也该挪出来了。"

听了这话，玛琪微微正色道：

"下下个月我们得搞个展览，现在看起来太平淡了，做成 VR 或者 AR 吧，能做吗？"

"我认识会做的人，可以联系下看看。"

随着注册人数的增加，网站上关系网的形状也发生了变化，平均每 3.5 人，就有白色的名字产生关联，这是在征得同意后将亡者 SNS 账户中的粉丝名单、朋友圈名单导入数据后计算出来的。但世界还是不够小，还有许多名字孤单地散落在页面的边缘。

玛琪筹来了钱，奎镇忙着找人，只有我拖了后腿。正当我冥思苦想该怎么为团队做点事时，玛琪已经为我想好了。

"那宝允来负责采访吧。"

宝妮

"什么采访？"

"不知道，说是必须参加宣传活动。"

宣传材料发出后，我们的项目居然相当受关注，先后接受了四次采访，虽说多是短小的报道，但《时事周刊》上的访谈据说会占据一整版。周刊记者长着一张聪明外露的脸，让我不禁想起了姐姐，虽然两人长得并不像，但专心致志的神情却如出一辙。

"那么，您是很关注劳动问题吗？"

"嗯，也不能说是……"

"您通过这个作品想表达的寓意是什么呢？"

"寓意？没有什么特别的寓意……"

记者的五官虽然纹丝未动，但一丝不屑的神情一闪而过，这绝不是我的被害妄想。

"那么你为什么开始做这件事呢？"

"我姐姐……"

记者的眼中又来了兴趣，接下来无论我说什么都没关系了。记者写道，青年们战胜自身的悲剧，振作起来将其转化为对整个社会的关注，干了一件漂亮的事情，他们用虚线成功地描绘出了根深蒂固的剥削体系架构。记者在文章结尾处写，那些认为年轻人毫无生气的老一辈们，现在是不是应该抛掉过去的成见了呢？对于这些内容我们虽

孝尽

然没有一丝一毫的贡献，但后来读到这篇报道时也颇为感动。

"天哪，你说了一坨狗屎，人家还是写出了一朵花啊！"

面对朋友们的戏谑，我无可争辩。那位记者我恐怕无缘再见，但偶尔想起她特有的表情和快速的步伐，我还是祝愿她在行走四方的同时能够身体健康。

展览前完工的 3D 版"猝死.net"已经相当漂亮了，奎镇朋友下了点功夫将其做成了马头星云状。圆形的展示厅内，四周挂满了 VR 设备，可供观众们使用。展览前一天，我趁着没人的时候试戴了一下。没走上几步，正中间的位置就出现了姐姐闪亮的名字，我有点疑惑，是因为姐姐的人际关联使她处于这个位置，还是奎镇本来就是以姐姐为中心，创办了"猝死.net"呢？

我不禁想到，死在二十一世纪的人，最终都会变成数据啊。

令人意外的是，反响并非来自文化艺术界，而是医疗界。我们不时会收到邮件请求提供材料，这让玛琪大为光火：

"不是，怎么总让我们提供材料？好像是他们委托我们做的似的。"

但牢骚归牢骚，我们从没有拒绝过。这些请求有的来自内科，有的来自家庭医学科、神经科、精神健康医学科、急诊科、职业环境医学科，应该都是想补充一下他们已掌握的资料。网站的使用者每次都会同意提供信息，他们大概也想得到些解答，并和研究人员做些深入的访谈。

在这一过程中，我又学到了很多——危险的心律不齐、看起来像感冒的病毒性肺炎、很容易被忽视的脑出血前兆症状……还有一次，我们向一个正在进行集体诉讼的市民团体提供了材料，是有关过敏性鼻炎药物的，据说这个药会对服用者的心肌造成损害。别的信息对我也没有太大的影响，但是那一天，我像疯了一样翻腾着姐姐的房间，所有的抽屉、手提包、化妆包、外套口袋都翻了个遍。姐姐也有过敏性鼻炎，每到换季的时候都痛苦不堪，忍到鼻子通红最后还是得吃药。直到凌晨，所有的角落都翻遍了，客厅的药箱也被我悄悄拿进房间倒了个底朝天。我筋疲力尽地扑在姐姐的床上，分不清自己是希望找到那药，还是不希望。

我太熟悉这个扑倒的姿势了，我总是放着自己的房间不去，在整日工作的姐姐身后打滚，姐姐并不讨厌我，但每次看到我穿着外套躺下就会大怒。她不耐烦地说鼻炎患者对寝具卫生都很敏感，有时我为了激怒姐姐还会故意那样做。那天凌晨，我在床上把汗水、灰尘、泪水、鼻涕抹

　　　　　　　　　　　　　　　　孝尽

得到处都是，姐姐就是在那个世界也会生气的。

一个跨国研究公司提出用一大笔钱收购"猝死 .net"，我们仨揣摩着彼此的意图过了两天。说是一大笔钱，其实也就是对我们来说而已。对于那些充满野心和抱负的年轻人来说，这钱根本不值一提。不可改变的事实是，我们仨一个是梦想辞职的程序员，一个是表演艺术家，还有一个是常年准备招聘考试的备考生。

"又不是为了钱才做的，我怎么样都行。"

玛琪虽然这么说，但还是想用这个钱做点新东西，我的这位跳舞的朋友总是期望轻快地跃入人生的下一个篇章。

"你怎么想？"

奎镇问我，好像我能代替姐姐做出回答似的。

"我嘛，"

还没等我想好，下一句就脱口而出了：

"不想干了。"

我是从什么时候开始不想干了的呢？"猝死 .net"就像一个美丽却充满致命气体的行星，它越来越大。有人会问，都是由飘忽的云朵组成的，不是很轻吗？但是对于柔弱的我来说，它太过沉重了。

"好吧，你们不想干了啊，那我接着干。"

宝妮

于是我们拿了钱，卖了"猝死.net"，条件是奎镇当经理人。对于奎镇来说，等于从正式工变成了合同工，但是他觉得自己眼下正好想喘口气。虽然各个方面都还令人满意，但我仍然不放心，问了那个负责人：

"你们不会将它用在过于商业化的地方吧？"

负责人失笑道：

"合同上不是写了嘛，不改变用途，只作研究使用。嘻，这种阴气沉沉的东西怎么可能有商业用途啊？"

对于这一点，我们仨也都认可。

"现在干点儿什么好呢？"

我们随意躺在奎镇家的客厅里，玛琪问道。

"不知道，再做个阴气沉沉的东西？"

我随口回答道，他们俩有气无力地笑了，这段时间"阴气沉沉"俨然已经成了我们之间的口头禅。

"我想做个不会死的。"

"有吗，不会死的。"

"……那就做个死了也没关系的。"

"恐怕也没有吧。"

我们都不说话了，但我们分明都在思考着这两种事，或者这两种事情的结合体。

地热效果不太好，我躺在玛琪的身边，又向奎镇使了个眼色，他也走了过来。我们仨并肩躺在地板上，我用力嗅了嗅两侧，没有眼泪的味道。我们就像白色的栗实象鼻虫一样，躺在发黑的栗子外壳和破碎的内皮之间。

那一瞬间，我听到了很多声音——

在我们悲伤的网页上，那些白点纷纷登录的声音。

离婚甩卖

哪有什么痛快地离婚。

京润收到伊在的邀请后，盯着那条简单的短信看了许久，伊在第一次提起的时候她还以为是个恶搞整蛊，看来是真的要办个离婚甩卖。时间是六个朋友花了几天的时间好不容易定下来的，地点嘛，当然是隔一周就要去一次的伊在家，甩卖的首要目的是处理掉大大小小的家当，再有就是一起对伊在的决定表示赞成和支持。

　　因为酱菜的缘故，京润比其他四位朋友更常去伊在家，两家走路二十多分钟，也比其他朋友住得近些，所以一有什么好吃的或者多出些什么东西就习惯给对方打个电话。当彼此的名字在电话上出现的时候，都会以为对方这次又做了什么吃的。京润记起了接到伊在电话时的那些小小的欣喜。

　　"上周我妈寄了好多不大不小的萝卜，我做了酱菜，给你送点吧？"

京润想，不大不小的萝卜是不是就是比小萝卜大点、比大萝卜小点？这是常用的说法吗？伊在有时说话还挺特别。

伊在很快就到了，汽车后备厢的玻璃瓶里装着用普通萝卜做的酱菜，京润接过瓶子仔细看了看，萝卜还真是不大不小。之后京润就忘了酱菜的事，伊在上楼喝茶，直到她走也没打开看看。

当天晚餐时，为了搭配大块腌制的酱菜，京润用一只粗碗装了萝卜端上桌，丈夫先咬了一口，却奇怪地"诶嘿"了一声。

"怎么了？"

"从哪儿买的？"

"味道不好？伊在刚才拿来的。"

"你尝尝。"

这一次轮到京润"诶嘿"地赞叹了起来，声音不大不小。萝卜又酸又甜，咸淡正好，咬起来凉凉的软硬适中，杀去了水分，爽脆可口。

"怎么会这么好吃？"

"是啊，不就是萝卜嘛，怎么做的？"

酱菜瓶里连洋葱、辣椒都没放，只有萝卜，一种无添加的纯净味道。两人各夹了几块，一边吃一边议论，一直对萝卜不感兴趣的四岁孩子也吵着要尝尝，京润用剪刀给他剪成小块。

"再给我一块。"

那么大的酱菜瓶一周就空了。

接下来京润对酱菜的尝试就一言难尽了，不论怎么做都做出不来那个味道。每次失败后她都会问伊在，酱油用的哪里的，醋呢？糖呢？是不是萝卜的问题？伊在总是不厌其烦地回答她。第二年冬天，伊在又从智异山附近务农的父母那里要来酱油和萝卜送给她，一番努力之后味道虽然有些像了，但还是不一样。

"我做的时候给你带一份吧，你只管吃就是了。"

"那多不好意思。"

"你不也给我好多好吃的嘛。"

这样的事情还有过一次，是伊在的虾味辣酱汤，里面只放了虾酱、辣椒酱和嫩角瓜，味道却是京润无法复制的。

"我还想吃。"

孩子说道，丈夫抱着孩子也咂摸着味道。京润迅速放弃无谓的努力给伊在打了电话，琢磨着自己有什么能拿得出手交换的好菜。

所以当她比别的朋友先听说，伊在的丈夫有了外遇要离婚的消息时简直无法相信，当然，她完全明白婚姻不是用酱菜和辣酱汤来维持的，而是一个相当复杂的协议状态，但是即便如此，也不是完全……京润结束了一天的忙碌之后，入睡前还在不住地想着伊在的事，伊在在很多方面都有别人无法模仿之处，无法模仿的出色。怎么会有傻瓜放弃这样的人毁了一切呢？她每晚想的与其说是伊在不如说是伊在的丈夫。

"难道因为是我的朋友，所以把她想得太好了？"

京润问丈夫，丈夫一句话不说，还在盘算着酱菜剩了多少。

雅英嫉妒伊在和京润住得那么近，也不喜欢一起聚会的时候她们只谈些只有她俩才知道的事情，而且还净是些她不感兴趣的有关做菜的内容。雅英不是个爱嫉妒的人，上高中的时候伊在和她最亲近，结婚之后才疏远了些，这很让她难过，她希望在一个团体中她们也能是更亲近的朋友。所以当伊在联系她说自己离婚了的时候，她好奇自己是第几个知道的，而她又讨厌对此好奇的自己。

不管怎么说，获知信息最多的肯定是雅英。伊在用非常节制的语调说，他俩对彼此的称呼是职场妻子和职场丈夫，结果成了这个样子。语调就像雅英常看的自然纪录片的解说员，不动声色地讲述着蜥蜴交配的场景，又似乎是太过震惊的缘故。还搞什么离婚甩卖，总让人觉得怪

孝尽

怪的。

"你打算买点什么？"

敏希问道，她和雅英都是单身，近几年走得近些，两人经常在周四的晚上约着吃个饭或者看个电影。

"不知道，她的东西我都想要。"

雅英老实地说。只要是伊在穿在身上的，普通的开衫看起来都很高档，大家都穿的橡胶底帆布鞋在她脚上也变得那么与众不同。

"穿 23 码半的只有我和伊在，要不然我还是买鞋吧？"

咱俩的脚一样大。那还是十多岁的时候伊在和雅英一边换鞋穿，一边咬着耳朵说的话。

"我得把钱都取出来。"

敏希说道。雅英忘了刚才一时的伤感：

"不至于吧？"

"老实讲，我是咱们六个人中最没有品位的，无色、无味，又无趣。"

"哪里，别这么说……你也不差啊。"

"我品位很差，我自己都这么觉得，你别安慰我，我要像买模特身上的衣服一样，买光它。"

面对敏希的坦率，雅英不想再做不自量力的阻拦，伊在经常是众人模仿的对象。自己嫉妒过这样的伊在吗？雅英想起了高中的时候，那是所男女同校的高中，伊在引领了刘海的样式，引领了叠袜子的方式。学期初的时候还没人注意到伊在，可到了放暑假的时候，班里的男孩子有一半都喜欢上了她，虽然比她长得漂亮的大有人在。大家喜欢的不仅是伊在，更好像是环绕在她周围的空气，只要和她在一起，她就有一种能让你心跳慢半拍、让空气也甘甜起来的能力。在伊在的半径之内，所有的角落都不一样了，她是个少有的能让周围人忘记压力的存在。雅英喜欢伊在，喜欢和伊在一起时的自己，她并不嫉妒伊在，但她不能否认的是，在嫉妒京润之前，她还嫉妒过伊在的大学朋友和职场的朋友们。

"我不想结什么婚了，连伊在都失败了，我怎么可能成功呢？"

她终于发出了这样的叹息。

"是吗，我还是想结，最近更想结婚了。"

敏希的想法不一样，雅英等着她说下去。

"活着太可怕了，我再请假的话，就只能被辞退了。"

敏希进了一间以工作环境恶劣著称的公司，没过几年就生了病，休息、复职，反复好几次了，看来在公司里她的压力也不小。

"如果有伴侣的话，就可以等找到下一份工作后再接过接力棒，现在我周围很多人都是这样，离职的时候相互依靠。我只能靠自己，如果再生病的话……一个人真是既悲惨又可怕。"

"嗯，这样的问题应该是由国家来解决的吧？"

雅英犹豫了一会儿反问道。

"我不怎么相信国家，职场哪有四十岁……五十岁的人，那些前辈们都去哪儿了？我们行业内更是如此。"

敏希揉着酸痛的身子说。雅英越过桌子握住敏希的手，手凉得让她大吃一惊。

"鼓动伊在咱们三个一起住吧？失业的话可以互相依靠。"

"行吗？真的可以吗？"

虽然只是一时起意，雅英觉得这样也不错。

幸亏没有孩子，如果有孩子可怎么办呢？智媛听到伊在离婚的消息后想到，她只是想了想，努力不把这些话说出口来。

智媛的半边脸面瘫了。她有两个儿子，老大三岁，老二刚满周岁，两个孩子都敏感难养。智媛公公是个性格火急火燎、难以相处的老人，结果孩子们完全继承了公公的秉性，不爱睡觉又挑食，最糟糕的是他们动不动就发作的攻击型性格。智媛和父母、弟弟的关系很好，也想有一个四口之家，她经常反思自己的选择，贸然介入的遗传因子怎么就给一个家庭的幸福带来了这么大的影响呢？

"我早晨一起来就觉得脸不对劲儿，医生让住院治疗我也没法住，好不容易回家了，现在只要一累就觉得脸发麻。"

智媛这样说的时候，朋友们神色都有些不自然。六个人中只有智媛和京润有孩子，京润的女儿在智媛看来养上五个也没问题，她不想和别人比但还是有了比较，大家都生活得很好，只有自己一天天像活在地狱里一样。她努力不想让别人看出自己烧灼的心情又总是被看穿，朋友们的话在她听来都是站着说话不腰疼，偶尔她的反应就会过激，而这时众人目瞪口呆的表情又让智媛觉得自己更可怜了。

"找人带不行吗？"

听了圣琳的话，智媛摇了摇头。

"嗯，挺难的。我也找过人，但都干不长，后来就算了，我说我们家孩子难养真不是夸张，那些身经百战的保姆不也都吓跑了嘛。"

"那不能让爸妈或公婆帮帮忙吗？"

雅英接着问。

"我让爸妈带过，和他们也吵得够呛。带孩子最要紧的是规矩不能变，孩子们做的不对反夸好，还说没事没事，让他们跑来跑去、相互推搡、扔东西、想吃啥吃啥、到点了也不睡觉……这样一来第二天我就更累了。"

"帮忙带是件好事，但这样不行啊。"

京润说道。

"因为是两个儿子嘛，在老人们看来，孙子们的地位比女儿和儿媳妇还高呢。"

"等他们大了就懂事了，我看我的侄子们长大就是一眨眼的工夫。"

敏希安慰道。智媛听了更不高兴了，这能和偶尔看一眼的侄子们一样吗，敏希真是不理解她。遗憾的情绪日积月累，她见朋友们的次数少了，大家约过她一两次之后就干脆推脱不去了。还没有孩子的朋友像是受了惊吓，京润的女儿被智媛家老大打了之后也躲着不去了，朋友中就数圣琳在职场发展得最为顺利，她看着智媛的孩子更下决心要走向婚姻的反面。

只有伊在还会偶尔过来，不知道她是怎么想的，两人又不是朋友中关系最好的，只是过来一起打发时间。孩子们并没有因为伊在的存在而少做些出格的事，但毕竟另有一个大人在，还是能帮到不少，伊在对付孩子们也自有一套。

"你前年的时候不是说在备孕吗？"

智媛想，要是伊在也生了孩子，能经常一起出去就好了。

离婚甩卖

"哦，我们不想要孩子了。"

"为什么？看到我这样，不想生了？"

智媛提高了声音问道。伊在看了看智媛的脸对她和盘托出：

"我丈夫小时候得过腮腺炎，可能是那时候造成了不孕，一直到去年才知道。不过这样一来，我内心也不是特别盼望有孩子……对我来说是挺自然的事。"

智媛知道是自己想得过于简单不由得说多了，她有点慌，不知道该不该道歉，半是辩解半是感叹地圆着场，伊在反而宽慰她：

"你也别太担心，雅英看纪录片里说，人的大脑在二十五岁到三十岁间才完成发育。所以孩子们的性格还会变，不会就这样定型的，而且你又是一个少有的始终如一的养育者。"

这句话听起来好像没什么帮助，奇怪的是后来智媛常常会想起它，并像念咒语一样地重复它，还没定型，还没定型。"少有的始终如一的养育者"这句话也是，有时候她会在"少有的"上加上着重号夸奖自己，有时候则在"始终如一的养育者"上加上着重号约束自己。智媛决定，无论如何要把孩子们托付给别人，去参加伊在的离婚甩卖，去了也送给她一句类似的什么话，像咒语一样的话。

孝尽

圣琳立刻给伊在打电话提议：

"你想不想来我们公司？"

能感觉到电话那头的伊在吃了一惊，圣琳就喜欢让朋友们吃惊。她原来在一家大型贸易公司上班，又早早地独立出来开始做咖啡烘焙机的进口生意，现在干得很好，正处于扩张期。从公司辞职的时候、开始做生意的时候、生意进展顺利的时候，朋友们都很意外，圣琳却觉得自己的成功没什么了不起。细细想来也没什么意外的，韩国的咖啡消费量居世界第六位，毫不夸张地说，韩国是个因咖啡因死去的国家，圣琳只不过是稍微动手早了点而已。

"你们公司有我能干的活吗？"

"来了再说呗，你不需要工作吗？"

辞职结婚前，伊在曾在一个小动画公司当过策划，后来那个公司的一些作品大获成功开始外销，规模也扩大了。圣琳经常为伊在惋惜，如果一直干下去不知会怎么样，她认为伊在人够聪明，到她的公司很快就能站稳脚跟。

"我其实从几年前开始一直在做自由撰稿人。"

伊在有点不好意思地说。

"真的？你怎么没说过呢？自由撰稿人累不累？"

这一回轮到圣琳吃惊了。

"在哪儿？从什么时候开始的？写什么？赚得多吗？"

圣琳一吃惊就会有很多问题。

"我和之前公司的人一直有联系，我原来负责策划的动画片不断出续集，需要大量的剧本，很缺作家，大概两年前的时候他们联系我，我犹豫了一段时间，做了之后觉得还挺适合我。"

"原来你在做这个啊。"

"嗯，人物形象和主题都已经设定好了……故事就像织毛衣那样往下织，从这儿到那儿就行了，按照顺序和规则。"

"报酬还行吗？"

"5分钟的视频给80万，10分钟的话130多万。"

"哇，厉害啊。"

"但也不是写一稿就能用的，要改三四稿，时间很紧，整个过程要求两周内完成，并不容易。"

"你赚的钱够用吗？"

"这个分时候，有一回我试了试一个月最多能写多少，结果比上班的时候赚得还多，但收入不稳定，还容易伤身体。"

"不错，继续干吧，所以你才这么痛快地离婚了？"

圣琳兴奋地说。

"哪有什么痛快地离婚。"

伊在笑了。

孝尽

"对女人来说，工作是最重要的，钱是最重要的，对吧？"

"我运气还行……"

圣琳放心了，对伊在没说完的半句话也就不在意了。

离婚甩卖那天，朋友们到的时候伊在来开门，她看起来和平时没什么两样。

大家坐在漂亮的六人座曲柳木餐桌旁喝起茶来，雅英用手指抚摸着桌角，她每次看到这个餐桌都觉得伊在是为朋友们买的。伊在从冰箱里取出放了柚子蜜饯烤制的奶油蛋糕，大家虽然以前都尝过，但还是流出了口水。

"我前不久体检的时候不是发现了囊肿，做手术切去了嘛。"

京润表情复杂地说道。虽说不是恶性的，但也不是能令人放心的类型，如果完全不管，数十年后还可能会恶化，这种囊肿比癌症发展得慢，可一旦转移就无异于癌症。

"我前段时间乳房里也摸到有东西，做了乳腺微创，呀，手术用的真是个钻头啊。"

圣琳谈起自己的经历补充道。

"你们不害怕吗？我们的体内正在长出可能会要我们命的东西，感觉就像个溶洞一样，医生说不能再吃奶酪、香蕉、巧克力、牛油果了。"

"该死，好吃的都不能吃了？"

敏希的那句"该死"发音过于婉转，朋友们都笑了起来。敏希因为身体健康原因也有很多东西不能吃，从前连铁片都能嚼着吃的日子如今想起来是那么不真实。

"我婆婆刚做了手术，偏偏是这个时候……真难过，还真有点想公公婆婆呢。"

大家本来都在尽力回避伊在的话题，现在她自己提了出来，朋友们愣了片刻。

"他们老两口从没让我不顺心过。"

京润和智媛点了点头，好像是说这真是太难得了。

"啊，就那么一次，在水果店里婆婆要给我买李子，我挑了几个，她可能嫌不够大，又都倒出来重新挑了一遍。不过，也就是李子罢了。"

伊在笑了。雅英摇了摇头，这种时候还说什么李子。

"那么好的老两口怎么生出来这么个浑蛋？"

圣琳皱着眉小声说。

"呀，孩子是随机的，上一代的遗传基因会突然冒出来，他肯定有风流的基因在。"

智媛对圣琳说。

"不是那样的。"

伊在喃喃自语，和她平时的语气截然不同，声音里的

　　　　　　　　　　　　　　孝尽

什么东西好像消失了一样。

"他没有出轨，我以为他出轨了，其实不是，前不久别人才告诉我。出事之后，丈夫就向我坦白了，我还以为他挺坦诚的。原来他是怕我知道到底发生了什么，要不就是他以为是那样的，一直都没人告诉我，到现在才说。我丈夫就是聚餐结束之后，背着他们同事回去了，大家都以为他想带别人出去……他们关系一直很好……那个人毫无意识，不是出轨，是……我不能再住在这里了。"

大家听到了一滴水坠落的声音。伊在用手指摩挲着茶杯的金箔边。

"茶杯，有人想要吗？"

离婚甩卖开始了。

敏希买了茶杯，来自英国、日本、中国、捷克的精美瓷器已经包好了，此外她还买了伊在三分之一左右的衣服和手提包。

"你有地方放吗？"

雅英半是担心地问道，敏希一点儿也不在意。雅英虽然这么问，她也买了鞋、帽子、卷发器、地毯、窗帘和洗衣机。

"你连卷发器也不用了吗？"

"嗯，我以后就留不用拾掇的发型。"

京润挑了多肉盆栽和两个擦得锃亮的铸铁煎锅，她本来只想要这些，结果又动心买了台灯和靠垫。

智媛选了床垫、无线吸尘器、洗碗机和化妆台，床垫她想当作蹦床放在孩子们的游戏房里，让他们尽情地跳去。其他人都心下赞同，智媛的那两个孩子，就是恶魔也能被他们踩死，就当是一种情绪的宣泄吧。

张贴画框、餐桌、沙发、蓝牙音响、冰箱、书桌和打印机，圣琳的公司都可以用，正好她的会议室需要很多东西。圣琳计划租辆卡车来搬大件的家具，并提议可以顺便帮其他的朋友一起搬走。

每件物品上都贴着便利贴，上面的价格极其便宜，所以当伊在说再送点东西给她们时，大家都摇头了。

"你有必要全部都清空吗？这些东西一个人住不也需要吗？"

智媛问道，问得其他四人也不安地一起望向伊在。

"其实……我有东西要给你们看。"

伊在带着朋友们来到地下车库，走到一个很小的野营拖挂房车前停住，房车还没有连接到汽车上。骗子。雅英不由自主地脱口而出。

"你拉着这个要去哪儿？"

"先出去转转。"

离婚对她还是有冲击的啊，朋友们想。

"我本以为，结婚是可以一直持有的不动产，但其实只是用无法承受的价格买下一套房子，两个人一起还债罢了，所以我想就带着动产生活一段时间。"

圣琳最先点了点头。

"不危险吗？"

京润问道，努力不想表露出自己的担心。

"呀，女人在哪儿都危险，怎么生活都危险。"

圣琳替伊在回答道。

"我不会只住在这里面，路上如果有喜欢的住所，也会停下来歇脚。"

"挺好的，就做一个游客。"

智媛也接受了伊在的想法。

"能参观一下吗？"

敏希问。伊在打开了门，六个人走进去坐下来，房车里挤得满满的。

"把我也带上吧，我想跟着去。"

雅英明明知道伊在想一个人走，还是挽着她的胳膊央求着。六人在房车里胳膊搭着胳膊、腿挨着腿地待了三十分钟，不由地想起很久以前她们就经常这样坐在一起。

"也许我一个月后就会哭着回来的。"

伊在仰头看着车顶喃喃自语。

"那又怎么样？"

京润靠在伊在的膝盖上说道。伊在要带走的行李已经搬到了房车里，东西很少，几件不锈钢餐具、棉和亚麻的冬装少许、靴子、运动鞋、拖鞋、两条毯子，再加上笔记本电脑和平板电脑，几乎就是全部了。大家看着揪心，腿也开始发麻，六个人再次回到屋里。

"现在该发赠品了。"

朋友们笑了。伊在将还未拆封的化妆品给了雅英，两人的肤质最为接近，把几盒红茶和茶巾送给了敏希，送给智媛一副大概是和丈夫一起用过的羽毛球拍和一个小暖炉，迷你自行车给了京润，粉碎机给了圣琳。

"就像鲸鱼一样被解体了。"

雅英一边说，一边环顾着物品稍有移位、现在满当当但马上就要清空的家，从此可以画上省略号和分割线了。

"我曾经多想生活在这样的房子里。"

敏希再次在各个房间里转了一圈。

圣琳倚在整体衣柜上待了一会儿，从打开的抽屉里掏出了伊在的睡裤，这是条花哨的人造纤维厚裤子，上面全是猪的图案，猪的笑脸纷纷洒洒。圣琳拿出裤子随意地卷起来。"送给你吧？你怕冷？"

伊在问道。

"不是，咱们祭拜一下吧！"

朋友们立刻明白了圣琳在说什么。

孝尽

"祭拜什么，又不是上了年纪的人。"

雅英有些犹豫。

"社长们都喜欢这些。"

敏希觉得很荒唐。

"伊在不是要走远路嘛。"

圣琳丝毫没有罢手的意思。

"你是让我们对着睡裤祭拜吗？"

虽然大家都不太情愿，圣琳还是翻箱倒柜地找出来一瓶加香干邑和缝衣线。她无所顾忌的翻找让其他的朋友很是吃惊，但她翻完之后又利索地把一切整理好，伊在也不以为意，京润心下对圣琳很赞同，又去超市买回了明太鱼干和打糕。

"我可不行什么礼。"

站在伊在的房车前，穿着短裙的雅英宣称。

"好，那就这样吧！"

圣琳将睡裤放在搁板上，又在前面摆上打糕和缠好线的明太鱼干，自己一个人行了礼。然后往酒杯里倒了点酒，让朋友们用指尖蘸上酒，酒散发着香气，是樱桃和巧克力的香味。

"撒到车轮上，在心里祝伊在一路平安！"

这个程度的祭拜倒是大家都能接受的。她们用指尖蘸酒弹洒着，像小时候一样笑了起来，每个人都咬了一口打糕。

"会不会有人在监控里看见啊？还以为我们在干什么呢。"

智媛不住地瞟着监控的方向。别往那边看，更让人觉得奇怪。敏希一边说一边抓住智媛的胳膊。不知是谁先起头，大家纷纷拥抱了伊在，在她耳边小声祝她好运。

"这是你成熟的大脑自己做的判断，相信它！"

智媛反复地练习让自己自然些，结果说的还是这么别扭。

京润回家时蹭了雅英的车，车将要开出小区时，伊在来了电话。

"我落了什么吗？"

她急忙接起电话。

"你还在附近吧？"

"还在小区里。"

雅英把车停在入口处，远远地看见伊在一路小跑着过来，手里还拿着一个圆形的东西。

"什么啊，这是？"

"酱菜石，压缸石。"

京润接过那块沉甸甸的石头，车起步后还笑了好久。

　　　　　　　　　　　　　孝尽

伊玛与沙

珍珠最终只有这一条摆脱迷途的路。

第一次战争三十年之后，大食国和小食国间的和平再次面临危机，不是二十九年也不是三十一年而是整整三十年，因为在纪念停战三十年的表演活动中，小食国的演员杀死了大食国的将军。现场的人们还把那当成了生动的表演，期待着下一场戏的开始，等到小食国演员清了清嗓子发表内容偏激的声明时，大家才明白大事不好。演员的名字叫"湖水"，用小食国的语言准确地说就是"波澜不惊的静静湖水"之意，他使当时和后来的许多人都陷入了震惊之中。

　　大食国和小食国的"食"字，表示的不是国家、火焰或者繁盛的意思，就是我们常用的"吃"的意思。两个国家的文化分别可以概括为极其能吃和不能吃，所以其他国家就这样称呼他们，当然大食国和小食国另外还有自称的国名，但都无法概括其本质，且总是改来改去，现在基本被遗忘了。

小食国的饮食确有其独特之处。主食是形状完美的茶点，呈正多边形，边数越多的茶点越要在特别的日子里吃，正九边形为最佳，意指九条峡谷，因为如果边数再多的话，看起来就和圆形差不多了。茶点的厚度好像用尺子量出来似的固定不变，茶点的颜色每个季节随着裹的粉末材质的变化也会有所不同，粉末由花朵、果实、树叶和根茎制成，共三十二种。茶和茶点之外，山羊和山羊奶加工的几种食物也是小食国人们的主食，他们认为少食、在口中长时间含食几块图形完美的茶点是最高境界的饮食和修养，空腹感才最有利于精神的振奋。

与地处高原的小食国相比，大食国由港口城市及其周围地区组成，港口的居民吃土地里和海中出产的几乎所有食物。深海中凶猛的鱼类只要漂上了岸，他们就会兴奋地做了吃，他们不怕异国的香辛料，空气中经常有一股辣味。大食国人最自豪的就是用难以模仿的方法烹饪珍稀食材，然后在饭桌上摆满丰盛的菜品，起初这只是上层阶级才能享有的奢侈，随着境况改善，大食国的大多数人都开始为了美食而生活。大食国在政治、经济上与别国相比还算平等，在此基础上就产生了"你小子能吃我也要吃"的心理。

孝尽

其实两个国家离得并不近，那时还没有明确的边界概念，只是以附属的省、市、村庄为界，两国之间有片沙漠，沙漠不属于任何国家，他们对沙漠也都不感兴趣。简单地用图表示的话就是：西边的小食国—草原—沙漠—草原—东边的大食国。

距离不近的两国间之所以爆发战争，是因为环绕沙漠的草原里生长的一种灌木，这个树种到底是灌木、乔木还是亚乔木，后代的学者们虽然有过争论，但都不能轻易做出判断。这种树只生长在两国间的草原上，针状的叶子煮肉的时候放在锅底可以去除膻味，其实可以放在锅底的东西有很多，完全没有必要跑大老远去摘取它。这种树的枝条和根部没有可食用或药用之处，但是它每五年开一次的花朵有一种独特的香味，娇嫩的小花最初为白色，盛开时是接近荧光的黄色，颜色褪去后又变成稍微带点蓝的白色，然后整朵谢去。

小食国人捡取凋谢的花朵供于神殿之上，因为它香味高雅，只能在国庆日期间供奉，而一年有三十二天国庆日，重要的是在下一个收获期来临前能够确保花朵持续不断的供给，有很多宗教界人士就是由于这件事的失误经历了政治上的失败。小食国信奉的神可以译为"简明事物之神"，外人很难理解他们如何信奉既无人格又无神话的神，只是从中可以看出小食国人对于宗教的态度极其严肃和敏感，这种花在该国被称为"最简明的花"或者"最高贵的粉末"。

与此相反，大食国称这种灌木花朵为"得了黄疸的小蓓蕾"，刺激而直白。起初他们并不食用它，因为其特有的涩味并不太受欢迎，但随着能把涩味变成美味的食用油的普及，需求量猛然暴增。在大食国没有什么能像食物的流行那么具有压倒性和破坏性，于是采花的人群穿过沙漠甚至进入了小食国周围的草原。大食国人出手大方，没有来日方长的意识，将灌木花采得直至绝种。这话毫不夸张，大食国的饮食研究者堪比宗教人士，因为他们说花朵颜色呈淡黄色时味道最佳，这简直让灌木花都无法结籽了。

由灌木花引起的小纷争不久就愈演愈烈，小食国的侦察兵被杀，大食国的采集者们在沙漠中失踪，联姻外交惨败，使臣们被斩首挂在广场上，接着就是互相抢夺牲畜群、烧毁船只。

三十年前的第一次战争漫长且消耗巨大，两国都到了大厦将倾的地步，很多人预测国力强劲的大食国会取得胜利，但小食国补给迅速，打局部战争的能力也不能小觑。有笑话称，小食国的士兵们平常不太吃肉，战时因为每天每顿吃肉干所以骁勇善战。这也不完全是笑话，小食国的山羊肉脯确实在战争中得到了普及，甚至吸引了大食国人。在二百余次战斗之后，两国终于明白双方都是败者，与漫长的战争相比，和约的缔结只是一瞬间的事。

在战争表演中发生暗杀事件的十五天后，两国再度举兵，大食国进攻，小食国旋即与之对峙。

双方安营扎寨却不出击，都慎重地按兵不动。记得第一次战争的人还健在，他们中的大多数人并不想发动第二次战争，虽然旧恨还在缓步移动的军人们心中激荡。大食国六万余兵力驻扎在木栅之内，小食国的四万八千人则占据了稍高的地势，双方剑拔弩张。这是草原和沙漠的边界之地，好在暑意渐消，虽然这里离小食国更近，但小食国的士兵却没像大食国一样扎起木栅。

"他们似乎并不害怕啊！"

大食国的哨兵眺望着小食国的方向说道。

"所以不能和不相信来世的人打战，我们害怕死后会成为肥料，他们却泰然自若。"

"他们认为死后会去哪儿？"

"去哪儿来着，好像是叫'最简明的世界'，我也挺想去的。"

"但他们吃得太差了吧。"

"是啊，还得挨饿呢，想想还是算了。"

这时，一支箭从小食国方向飞来，这是一只用长带系着檄书的短箭，好像在炫耀过去三十年间他们的射程大为提高似的，带着威胁直射而来，吓了哨兵们一跳。

刽子手们，滚回你们的阴沟里去吧！

简短又措辞强硬的信件立即被送到了大食国大臣们的营帐。大臣们其实并不是谁的臣下，他们只是站在大食国权力顶峰的政治家们，沿用了带有旧王朝色彩的称号，用更谦虚、更好听的说法就是"我是国家的臣子"。在大臣们的营帐内，巨大的椅子上还坐着一个矮小的少年，他因为擅长小食国语言而被叫了过来。小食国话说得更流利而且完全精通文字的人因为参加纪念表演活动，不幸被扣押在了小食国的高原城市。当少年得知自己本来没有资格来此，只是因为其他人运气不好他才得以出现在这里时，不免有些沮丧。他的名字叫"沙"，准确地说这个名字是指"沙漠久旱逢雨后，沙子晾上一两天不会一脚陷进去的舒适状态"，这个词只存在于大食国语言中，很难翻译。沙的家人是行走于沙漠的商人，每年在大食国和小食国间往返数次，主要贩卖上次战争后在大食国畅销的山羊肉干和乳制品。肉在穿越沙漠前需要经过熏制处理，沙要做的事就是一圈圈地转动肉签，所以他的肩膀尤其结实。沙担心着被抓到小食国充当人质的家人们，怪自己为什么偏偏拉

　　　　　　　　　　　　　　　　孝尽

肚子一个人留了下来，结果要做这份没有把握的工作，沙很为自己的处境担心。在经商过程中学会的外语大体都是如此，沙的口语流畅但文字理解能力不行，他一边恨不能当场昏死过去，一边拿起了小食国的檄书。

"宰割者们，请你们回到自己的运河城市吧……大概是这个意思。"

"能轻易地回去我们就不到这里来了。"

沙并不是故意去掉了檄书中贬低的语气，在饮食文化发达的大食国，屠宰业者的工钱相当高，庆典时甚至会将各种家畜倒吊起来，比一比谁处理得更干净，得到大家认可的屠宰业者们被称为"宰割者"。把阴沟翻译成运河，大概是他词汇贫乏勉强拼凑的结果，而大食国确实也是以港口周围的运河而闻名的。于是大食国人也马上写了封回信系在箭上。

　　将演员及其同伙缚来我方营地，收到前绝不退兵。

在代表九条峡谷的族长们会聚的篝火边，信被送到了代替祭司弟弟出场的伊玛手中，"伊玛"意为额头，是小食国女子常用的名字。他们在庆典时常将头发向后挽起，用昂贵的粉末在女子的额头画上图形，所以美人的标准之一就是宽阔干净的额头。实际上伊玛的额头很窄，远达不到这一标准，因为刚出生的时候没有毛发，父母就给她起了这个与实际外貌有差距的名字。虽然她的额头和其他部位都不是很美，但在三十年前战争一触即发的状况下，她就是那个为了阻止战争最后尝试了联姻外交的当事人，而她也是唯一一位在大食国生活过两年的小食国人。

"他们要我们把宝石穿成串，说是在收到宝石项链前不会退兵。"

与沙相比，伊玛对大食国的文字还算精通，但她还是理解错了，而且在大食国的语言中，演员和宝石恰巧是一对同形异义词，这里指的明明是暗杀将军的演员湖水及其同伙。但因为数百年来邻国一直觊觎小食国的金银矿山，小食国人形成了很强的被害意识，伊玛也是一样，她立即联想到了宝石，没有想到单词的另外一个意思。两国但凡有一方能同时使用两国文字写信的话，就不会有这些连锁的误会，但眼下正是自尊心对决之时，谁也不会做此选择。

"这个时候居然还要宝石，真是贪婪至极。"

"能吃的人都如此，一个贪欲被满足了紧接着会产生另一个贪欲。"

"不管怎么说，我方的疯子杀了他们的将军，补偿还是要给的。"

"宝石项链怎么办呢？"

孝尽

"每个家族准备一条吧，把最耀眼的石头统统拿出来，让他们退兵。"

伊玛回到自己的帐篷，一边穿着项链一边回忆起三十年前失败的婚姻生活。伊玛记得自己那时虽然只有十五岁，但穿越沙漠的时候她相信自己是在为国家做一件重要的事情，等到了港口闻到陌生的味道时才感到了害怕，污水横流的大食国首都和她想象的有很大差距。比伊玛大十岁的丈夫不是坏人，她按照爸爸教的准备好干净的饮食，丈夫一口全部放进嘴里，说"开胃菜还行，主菜呢"？然后就一言不发地看着她。伊玛说这就是全部了，丈夫好像生气似的拉着她来到市场里，硬让她尝了十几种食物，浓烈的香辛料让伊玛的嘴唇火辣辣的，漂亮的布鞋上也沾满了残渣剩饭。所有的食物都很刺激，第一年伊玛一直犯胃病，为了烹制自己吃不了的食物，她不得不整天待在满是油烟的厨房里。伊玛曾经那么向往大食国，据说这里的所有人都心向美食，是一个没有贵族也没有奴隶的国度，但是某一天醒来，她却发现自己成了厨房里的奴隶。在她眼里丈夫就像个怪物，自己费尽心思准备的饭菜他一顿就能扫荡干净，看着他腰带上挂着的鲸鱼饰品，伊玛在心里骂道"真是什么人戴什么啊"。第二年还没过完的时候，伊玛放弃了做饭、外出和学习语言，她寂寞盘桓的房间又热又湿，无论遮不遮挡都没有用。伊玛想念高原，一天天消瘦下去，终于战争爆发，她好不容易逃脱出来回了国。那时如果没有战争，她也许就死在了炉灶之上，死在那个炎热的房间了，或者吃了那些使她感到烧心的食物，早早化成了灰……伊玛不再自称爱国者，偶尔她也会想象自己的早逝，虽然这一切并没有发生。

小食国最优秀的士兵们每人捧着一条颜色各异、闪闪发光的项链，送到了大食国营地。

"看看那些细高个。"

"他们故意派些细高个过来的吧。"

"太瘦了，看着都没有地方下手。"

"一刀下去会冒出硬屎来，据说他们国家所有的百姓都便秘。"

大食国人一边观望着小食国人，一边窃窃私语。

由于过于关注"衣食住"中的"食"，大食国的饰品文化并不发达，所以不幸的是他们也看不出项链的价值。项链马上被戴到了被害将军的夫人和女儿脖子上，大食国人还是莫名其妙，充满了怀疑。

"他们为什么送这个？让我们接受几件饰品就退兵吗？怎么回复呢？说我们想要的不是项链而是首级？"

"礼物虽然不是我们索要的，不过既然收了，我方态度是不是也要稍微和缓一下呢？"

　　　　　　　　　　　　　　　　　　　　孝尽

"那就协商一下是削鼻还是割舌？"

大食国人最恐惧的刑罚不是死刑，而是割舌削鼻，摘除鼻子最内侧拇指盖大小的嗅觉神经，让人彻底尝不出食物的味道。在当时解剖学知识还很落后的情况下，居然能准确掌握嗅觉神经的位置，从这一点来说也不愧是大食国了。

"我们的答谢品要能准确地表明意图，让他们没法再耍花样。"

"就把长鼻猪的鼻子和舌头做成菜送过去吧！"

"做多少份？"

"五十人份应该够上层们都尝一尝了吧？他们国家没什么高级料理，咱们就让他们开开眼！"

长鼻猪是大食国专门饲养的肉用小型哺乳类动物，大小介于食蚁兽和猪之间，虽是陆上动物，肉质却有一股鲸鱼肉的香味，富有弹性又多皱的鼻子、又软又长的舌头，周身几乎所有的部位都可食用。大食国厨师用两天时间做出了五十份料理，他们为了去除身上的油烟和醋味，沐浴之后穿上正装，亲自托着银盘送了过去。

"走过来一群身上没毛的人！"

小食国人小声议论道。大食国厨师们的传统是无论男女都要剃除全部体毛，头发、胡子、腿上的毛都不能留，除毛流行到极致的时候连眉毛都要刮掉，但因为流汗会造成一些麻烦，眉毛还是作为例外保留了。眉毛染成各种颜色的厨师们优雅地放下托盘，又回到了自己的营地。

"天呐，太丑陋了。"

"我们郑重其事地送出了宝石，他们怎么拿来了这么奇怪的东西？"

"谁先尝尝吧！"

有一两人勉强吃进嘴里，又吐到了手巾里。

"这到底是什么动物的什么部位？"

就在伊玛想介绍一下长鼻猪，告诉他们这是鼻子和舌头料理的瞬间，那边桌子上的"尖峰"将勺子响亮地扔了出去。

"生殖器！虽然做得又咸、又辣、又酸，形状一看就是生殖器！"

人们吵嚷起来。这个浑蛋。伊玛叹了口气。怪不得人们都认为起名字的时候不能用有尖利之意的字。尖峰比伊玛大十五岁左右，尽管年纪差这么多，但伊玛并不愿意把他当个长者对待，他是伊玛已经过世的父亲的宿敌，在所有事务上都属于强硬派中的强硬派。不知他为何总是如此变态地发起攻击，每次遇到伊玛，他都要不清不楚地说些轻蔑的话，"你这个自以为是的女子""一败涂地竟然还敢……""额头这么窄居然也敢……"。伊玛一直期待着迈入老年的他尽快隐退，虽然猝死并不是件太糟糕的事，但小食国人的寿命都很长。

尖峰煽动大家将那些因参演战争剧目而成为俘虏的大食国人全部阉割再送回去，这时伊玛轻声在后面插了一句：

"不是生殖器，是鼻子和舌头。"

尖峰否认着伊玛的话，激动地张开了嘴，那一瞬间伊玛明白了，从他窄小、牙齿排列不齐的嘴巴里又会喷出难听的话。她迅速打开了刚才送来的第五十一个银盘的盖子，里面有一封信。

鼻子一个，舌头一个，我们就要这个。

这一次伊玛没有理解错，这个句子也不可能理解错。伊玛静静地站着，看着围坐在桌子旁的人们，几个具有实践精神的人正要再次尝试那盘陌生的料理。伊玛简短地说了几句追悼父亲的话，她父亲是稳健派的领袖，伊玛这么说是为了让大家回想起父亲为了阻止上一次战争而做的全部努力。不得不借用死去父亲的力量来发言虽然让伊玛感到郁闷，但她还是想让大家在品味令人反胃的料理的同时，也好好咀嚼一下他们经历过的战争的惨烈。

"真是位有意思的人啊，你的父亲。"

一位老族长开了口。

"您不能说他是位睿智的人吗？"

"他大概更喜欢有意思这个说法。"

伊玛优雅地笑了，她已经练习了很久。

"居然是鼻子和舌头……虽然不好吃，但也不算侮辱吧。如果他们想要的东西很明确的话，就送给他们吧。明天正午把犯人带到两军阵营中间，削鼻割舌！留着他的性命从我方角度来说也算是大发慈悲了吧！"

本以为事情到此就算结束了，狡黠的伊玛也没想到，刺杀将军的演员湖水当天从简易监狱逃脱了。

大食国内部不分政治派别，所有人都在急切盼望着事件能够快速解决然后返回运河城市。大食国大军其实有一半为运输人员，他们像蚁群一样不断地穿越草原和沙漠搬运着食材。小食国人只要吃粉剂就能一直坚持下去，但很明显，大食国再这样下去的话，最先爆发的就是起义而不是战争了，他们就算拼命搬运食材，能运过来的种类还是有限。不满情绪像河口的沉积物一样越积越多，所以当在约定的时间他们指定的暗杀者和被扣押的俘虏没有出现，只有一个老人和一名小食国人打扮、风姿绰约的中年女子走到两军之间时，四下里传来了叹气声。

"不满的是，杀害贵国小可爱的叛逆者昨天越狱了。"

孝尽

伊玛还是把"不满"和"不幸"、"小可爱"和"将军"搞混了，三十年的时间足够她忘记大食国的语言了，前往迎接两人的沙和大食国大臣们不得不在脑袋里临时拼凑着她这句让人摸不着头脑的话。

"所以我方建议共同探讨一下。"

"……您是说搜查一下吧？请您讲小食国话，我来转达。"

沙一开口讲小食国话，伊玛就正视着他，少年看起来与这个场合不太协调，很有些聪明劲儿。

"这样比我说贵国语言要强多了，你从哪里学的小食国话？"

"我经常过来交易山羊肉干。"

"啊。"

"我的家人还在小食国。"

沙怕引起伊玛的反感，小心地说道。

"简明事物之神会保佑他们平安返回。"

年长的小食国族长安慰沙。

"你们想如何追踪呢？"

"这里干燥风大，留不下脚印，虽然不知道他逃往哪个方向，但能确定的是他没有骑马。若想公正处理，让两国都能接受，发现该人之后应立即带到此地。所以我提议每国选拔一百名搜查队队员，十人一组共二十组，每组最好有五名小食国士兵和五名大食国士兵。不知大食国意下如何？"

一眼望去就很高贵的伊玛从始至终都在对他使用敬语，令沙很是感慨，这是他在尊崇平等的大食国也从未有过的待遇。他又确认了几遍，把话翻译了过去。

"那么指挥官由谁来担任呢？肯定会有摩擦的。"

"按照搜查方向，离哪个国家近就由哪个国家担任，最好还是交给认识路的人。时间不会太久的，组内也不可能有太大的矛盾，他逃走的时候是步行的，应该很快就能找到。"

"找到后带到这里，然后呢？"

"在众人注视下按你们的意思削鼻割舌！如果事先刺伤或者杀死他，恐怕将来又有纷争，请务必将人完好地带来！"

几小时后，搜查队就朝着二十个方向出发了。大食国的马匹身躯庞大跑得快，却不耐久，小食国的马匹矮小毛厚跑得慢，但适合爬坡，它们混在一起四散开去，看着却让人有些担心。

搜查队走远看不见后，沙和伊玛忙了起来，他俩有时忙在一处，有时分头在忙，一直到吃饭的时候两人才各自告一段落，在当作共同会议室的帐篷前的篝火边见了面。沙老道地挑了块鸭胗盛给伊玛，他是带着敬意特意挑的，可是伊玛却在心里不住地喊“不要鸭胗来块瘦肉，不要鸭胗来块瘦肉”。沙又从怀里掏出一个小油瓶，伸到伊玛面前。

“这是什么油？”

“很香的蘑菇油。”

这是伊玛喜欢的为数不多的大食国食物，她爽快地把碗伸了过去。作为答谢，伊玛送给沙一份早上做好包在纸盒中的五彩茶点，沙无法拒绝接了过来，他在嘴里不住地嚼着带有苦涩味道的茶点，一直到干噎的感觉消失，粉末一个劲儿地往气管里跑，他不得不努力抑制住咳嗽。

“夫人，您是怎么学会大食国语言的？”

沙问伊玛。伊玛虽然不想再次翻出自己失败的婚姻往事，但忽然间有些好奇前夫的近况，伊玛说出了曾是巨商兼大臣的前夫名字，沙面有难色地告诉了她那个人作古的年份。

“是暴食生病引起的吗？”

“不是，是醉酒失足掉进运河里了，他应该会游泳，如果不是醉得那么厉害，那天晚上也不至于此。”

“他像个鲸鱼似的……浮是能浮在水面上。我住的地方，很多人是喝醉了从绝壁上坠落的。”

“小食国的人也会喝醉啊！”

“也许是体内的血液少，他们很容易醉。”

"运河和绝壁都是看着美，但很让人头疼。"

"更令人头疼的是战争，希望你不必经历战争。"

沙感到伊玛的这句话是发自真心的，他又给别人烤起鸭子来，伊玛吃完饭后还在欣赏着沙的手艺，看他翻转着签子把肉的每一面都烤均匀。

湖水从简易监狱逃脱后，躲在了小食国边境村庄的一个废弃制粉店里，店铺本来建在小溪上，是个用水碓来捣制各种粉末的地方，溪水干涸后被弃置，差不多是个废弃的房子了。湖水是一路走着逃出来的，早晚会被抓住，如果不想办法和山上的同伙联系上，一两天之内就会丧命，他差不多已经放弃了。

他原以为能早点逃出来，没想到自己会在那个装有车轮吱嘎作响的简易监狱里被关那么久。尖峰是湖水不为人知的幕后支持者，小时候每年战争纪念日他都能见到尖峰一次，尖峰会到战争孤儿们的家里来，每年稍微变换说辞，讲上一通早晚要报仇的话，然后再送些新衣服和鞋子。有一年要离开的时候，尖峰单独叫住了湖水，他说这些年自己一直在留意湖水，湖水很是吃惊。尖峰提议说，湖水脸很干净，嗓音也不错，会在剧团里给他谋个位置。湖水的吃惊变成了感谢。那之后又过了十年，尖峰常到后台来找他，询问他过得怎么样，这个世界上只有尖峰一个人关心他过得如何。因此，当尖峰悄悄地指示他，务必在纪念表演活动中搞出点事情来的时候，他当然就应承了下来。

湖水本来确实只是想搞出点小事情，稍微过分点的表演、不太严重的伤害或者抓住对方脖领子制造点骚乱，就是做做样子稍微离间一下两国的关系，这不是件难事。

但是提起刀的刹那，湖水从未意识到的复仇心压倒了他，那是一种他不曾知道的燃烧在心底的感情，不是为了已经忘却的父母，而是为了简明事物之神，为了小食国所有出生和死去的人。激烈的情感把湖水的大脑烧成了一片空白，他反倒很清楚地明白了这一点，他的人生早已铺好了轨道，之前发生的事情只是为了把他带到这一瞬间。

"珍珠最终只有这一条摆脱迷途的路。"

湖水一说出这句剧本上没有的台词，周围的演员们都转过头望向他。湖水听到一个巨大的超越自我的存在正召唤着他，他置身于人生第一次体验到的满足感中，湖水刺中了大食国将军粗大的脖子，排练过程中将军一直在抱怨高原生活的辛苦，这一刻湖水没有了憎恨、嫌恶和厌弃。一种平静的满足感涌了上来，他计划要搞点事情，也确实做到了，他化为了书写历史的工具，接着湖水叫嚣的那些话，与其说是他自己的想法，不如说更接近尖峰每年秘密演讲内容的拼接，只是他自己没有意识到而已。

当湖水站在倒下的将军身上，望着观众席中离他不远的尖峰时，尖峰避开了他的视线。后来尖峰又派人嘱咐湖水，不要泄露任何有关他的内容，这样才能获救，湖水并没期待什么彻底的逃脱，最终来的也只是另一个战争孤儿。来人仅仅是悄悄地打开了监狱的门，没说一句话，没带任何吃的，湖水拿到的只有半瓶水。

您想要的报仇不就是这个吗？您期望的"简明之神的真正战士"不就是我吗？如果能再看见尖峰，湖水想这样问他。应该再走远点，应该走上个通宵，不走的话肯定会被抓住，湖水虽然这样想，但干渴和糟糕的双脚让他陷入了昏睡。

当废弃制粉店的门，被五个小食国士兵和五个大食国士兵的手猛地推开时，湖水甚至没有马上醒过来。他以一种相当别扭的姿态被放在马背上，在被带往沙漠的路上，湖水梦到自己回到了高原，不是沙漠而是在往山上走，梦里他还听到了清晰的流水声。

被饿醒的时候，湖水想念的是久违的软糯油腻的食物，他不免自责，为什么没有想起简明的食物。

大食国一方的"宰割者"走了出来，他期望能马上动手，在十多万人的注视下展示宰割手艺是件光荣的事，他决定做得干净利索些，让卑劣的暗杀者一辈子都活在没有

　　　　　　　　　　　　　　　孝尽

味道的世界里。

"不会让他流血的。"

沙把这句话翻译给伊玛。

"等一下，等一下。趁着这个人的舌头还在，我最后再问一遍他的背后势力是谁，请稍等！"

伊玛向刽子手请求，她也许是怕血溅到身上，穿了件暗色的衣服，大食国的大臣们点头同意。

"以您的年纪对战争是没有记忆的，是谁给您下的指示？是谁怂恿了您？"

湖水吓破了胆，他还不理解是为了什么，如果他知道所有的一切都是盐引起的话，恐怕马上就会和盘托出，当初也不会惹上这样的事了。尖峰最大的财产是银矿和岩盐矿，十几年前银矿见了底，岩盐矿的重要性就凸显了出来。从洞窟中采集的盐杂质多，往好了说是有独特的香味，往坏了说就是杂味太大，这种盐不能大量地添加进食物中，不过小食国人本来就吃得清淡，消费时一直也没什么抱怨。但是如果和大食国间促成和平的话，高质量的盐田盐输入进小食国那就麻烦了，尖峰的垄断瞬间会被瓦解，他绝不会袖手旁观的。

"其实我……"

湖水虽然理解不了，但他还是想说点什么，这样鼻子和舌头说不定还有希望保住一个，当他正要开口说话的时候，血从他的嘴里先喷了出来。

一支箭扎在了湖水的脖子上，没有人听到弓响，只听到了箭射中身体的声音。箭是从远处飞来的，有人趴到地上，有人跑了，伊玛紧挨着湖水站在原地，湖水不安的视线扫过周围站着的人，最后朝向尖峰停了许久，伊玛追随着他的视线，马上明白了湖水到死都没想明白的事情。第二支箭向伊玛飞来，沙本能地一拉她的衣角，箭射偏了。两国弓箭手急忙反击，数千支箭齐发，向着暗箭飞来的看不见的丘陵另一侧射去。

"估计被扎成刺猬了。"

沙保持着几乎卧倒的姿势说道。

"不会，应该已经跑了。"

伊玛的话是对的，两国的士兵们还得一起去把箭捡回来。

大食国人没拿到索要的命债虽然不高兴，但还不至于因此发动战争，不管怎么说杀人者已死，而且还发现了小食国内部的混乱，加之族长们把头贴在洒过水的泥泞沙子上，以屈辱的姿势请罪，他们也算挽回了面子。

"需要我们帮忙查出残余势力吗？"

最后，大食国大臣们明明知道答案，可还是故意这样问道。

"多谢好意，我们一定会查出残余势力，奉上腌制的

孝尽

首级，我们定会用盐腌了他。"

伊玛故意大声说道。大食国人对她这样过激的表达没太在意，尖峰却匆忙返回了自己的帐篷。

"您的家人马上就会被送回，托您的福，这里的事情变得轻松多了。"

伊玛又看着沙说道，沙很高兴听到伊玛郑重其事的感谢。

"还有……"

伊玛把自己戴着的手镯退下来递给沙，手镯是用加工精巧的金子连接起来的两个圆柱体绿宝石，十分漂亮。

"怎么送我这么贵重的东西，我不能要。"

沙吃惊地推辞，但伊玛却没有接受推辞的意思。

"你救了我的命啊，但并不仅仅因为这个，我早就想送给你了，早知如此应该多带点首饰过来……现在我身上只有这个，我觉得你是个聪敏伶俐的人，如果能接受好的教育，将来能做很多的事。就用它贴补你的学费吧，可以把这个手镯卖了用来学习。"

沙懵懵懂懂地接过手镯，不懂伊玛说的聪敏伶俐是什么意思。

"对了，要想卖个好价钱，一定找其他国家的商人，贵国的商人不知道它的价值。"

"好，我会的，我知道它的价值，太谢谢您了。"

"你今年或明年来小食国的话，请务必到我家里来做客，否则我会感到很遗憾。"

"一定。"

"我说的不是空话。"

"我知道您不是说空话的人。"

沙后来真的多次拜访了伊玛，伊玛资助了沙大笔的学费，如果伊玛知道在她死后，沙稳定了再次恶化的两国关系，一定会感到非常的满足。就像伊玛借助父亲的名字发言一样，沙也借助了伊玛的名字来讲话，他描述了伊玛的微笑，概括引用了伊玛圆满的一生。除了她第一次失败的婚姻，伊玛的人生没有什么瑕疵，也没谁记得她那个瑕疵。

这一过程中，沙和伊玛第二次婚姻里生的孙女，以及第三次结婚生的小女儿一度陷入了三角关系，最终沙还是和伊玛的小女儿结合了。许久之后，他俩一起去摘简明之花，沙看到阳光洒在妻子的鼻尖上，这时他才明白自己年轻时选择她的原因，她和伊玛长得太像了。

孝尽

平凡琐事的巨大回响

1997 年的布克奖授予了《微物之神》，这是印度作家阿兰达蒂·洛伊的第一部小说。这部作品明确指出了两个问题，一是划分贱民等身份、强调等级差异的种姓制度的残忍性；另一个是在这种社会里父权制统治下女性承受的性别暴力。印度女性处于双重束缚之中。然而，岂止是她们，韩国女性也一样，尽管具体形式有所不同，但韩国女性同样处于双重束缚之中，一是将人划分为有资本者和无资本者并强调二者差异的新自由主义的庸俗性；另一个是在这种社会里父权制统治下女性承受的性别压迫。前者是针对所有人的，暂且不提，对于后者无疑会有不同意见，有观点认为在父权制统治下韩国男性也深受性别暴力、压迫之苦。

　　这话很对。所谓"男子汉"的男性观念让我这种不是男子汉的男性，现在已经很难生活下去，所以男性要反抗的对象很明确，就是父权制强求的有形或无形的男子气概或女人味。女性和男性不是彼此的敌人，就像《微物之神》的主人公双胞胎兄妹一样，女性和男性应该是从双重束缚中一起得到解放的联盟体，《孝尽》这部短篇集就蕴含着这样的寓意。郑世朗在一次采访中将《微物之神》推荐为必读书，她说"第一本小说怎么能写得这么好，我读完后好几天都深陷冲击之中"，她的第一本小说集也会给某些读者这种感觉，原因在于郑世朗从三个方面对双重束缚进行了文学的展示和剖析，我们将逐一做点评。

"你不用给我自由，我会自己获得自由"
婚纱 44 ｜ 离婚甩卖 ｜ 孝尽

首先应该注意的是这本小说集的主题是结婚和离婚。也许对有的人来说结婚就一定意味着幸福，离婚就一定意味着不幸，但郑世朗的小说和那种单纯输出固定观念的文学作品有很大的差别，比如《婚纱 44》就是如此。这篇小说以简短片段的形式讲述了租借同一件婚纱结婚或即将结婚的女性们的故事，婚姻的真实状态像马赛克一样镶嵌在 44 节故事中，反映了未经作家刻意美化、贬低、隐藏的（预备）婚姻生活的本来面貌。此外，小说中也出现了一个巨大的阴影，即作为制度存在的婚姻，正如第十五位女子所说，"不是我丈夫的问题，是我屈服于这个制度并深陷其中，而且我猛然意识到，正是韩国社会在向我灌输，而我必须服从。"

第十八位女子想："结婚，在褪去外在的包装之后，其实就是法律、制度和保护的问题。"制度压制着从属于它的人们，第十五位女子和第十八位女子敏感地意识到了强加于自己身上的"应该做××"的束缚，然而男性们则完全没有感觉。祭祀的时候只有妻子从单位早退、准备饭菜、干活，丈夫认为理所应当，还得意地自称自己没有大男子主义。第三十六位女子指出，"这就是父权制啊，你感觉不到，但我感觉得到，只有我能感觉到的东西太多了。"如上文所述，男性同样受到父权制的束缚，但和女性不同的是，他们受惠于这个制度也是家常便饭，男性对很多事情反应迟钝其实是因为他们的性别特权。

所以问题的关键是如何拥有制度。制度不是给予的而是创造的，也就是说它不是我们不能改变的惯例，而是可以随意重新书写的文本。《婚纱44》中出现了不愿屈从于不合理的条条框框、另辟蹊径的女性和恋人，其中有代表性的第六位女子宣称"就算是结了婚我的身体也属于我"，她在婚礼上大方地展示了后脖颈上的文身。第二十二对恋人在一起除了"肌肤和肌肤间的温度"不需要任何东西，如果要对此严加限制，还有必要结婚或者维持婚姻生活吗？作品中最后穿上婚纱的女性是一群高中生，希望她们将来也能"哈哈大笑着"做出明智选择，《离婚甩卖》也会对她们有所裨益。

决定离婚的人是伊在，她决定和无法原谅的丈夫分手，将自己使用的物品便宜出让给朋友们，这就是离婚甩卖。小说描写了伊在等女性的独身或婚姻生活，仔细看来单身和结婚都不容易，无论你选择哪一个，二者都有其优缺点，关键是将生活的重心置于何处。在伊在看来，"我本以为，结婚是可以一直持有的不动产，但其实只是用无法承受的价格买下一套房子，两个人一起还债罢了。"婚姻不是靠爱情而是靠不动产支撑的，现在明白这一事实的她却再也回不到从前了，在明白婚姻的真相后，她要去寻找、创造人生的真相。伊在购买野营拖挂房车就是这一决心的表露。

从这个角度来说，我们不能轻易地判断结婚就是幸福的，离婚就是不幸的，需要再次强调的是关键在于你把生活的权重置于何处，这因人而异。以《孝尽》为例，先来看一下主人公孝尽的自我评价："我是不是有善于逃跑的能力？每个人生来擅长的事情都有所不同，对我来说就是逃走，我真的长于此道。"她前往日本，摆脱了给她起名孝尽、让她尽孝的父亲的压制，摆脱了对她无异于人格虐杀的恋人、研究生后辈之间错综复杂的关系，虽然孝尽称之为"逃跑"，其实不然，她逃脱了，越过掣肘限制的此制度，在彼制度中开始了新的书写。幸运的是，孝尽比以前好多了，她问视频通话的朋友"我的脸色还可以吧"。是的，那是一张不需在别人那里获得自由、而自我赋予自由的脸。

"幻想的是政治的"
永远 77 码 ｜ 幸福饼干耳朵 ｜ 屋顶见

郑世朗 2010 年在类型文学月刊《梦幻》上发表《梦，梦，梦》，从而开始了创作活动，这也说明她的文学具有类型文学所特有的幻想性。众所周知，优秀的幻想并不影响小说的写实性，相反它会赋予小说写实性更多的层次感，大大提升小说的现实意义。成熟的幻想性伴随着政治性，对此驾轻就熟是郑世朗的特长。这本小说集中可以举出三篇作品，第一篇是《永远 77 码》，小说讲述了一个因为"那个东西"而变成吸血鬼的女子的故事。虽然被称为吸血鬼，但作为现代人，她不会为了吸血而随意杀人，通过献血袋流通网络就可以轻松地喝到血，但她还是犯下了一个错误，在和喜欢的男子做爱的过程中吸干了男子的血。

女子吸血时咬的不是男子的脖子，而是他的生殖器，可以说这篇小说也突出了该女子野性的一面。此外我还找到了其他值得注意的点，比如在成为吸血鬼之前，她为什么遭遇了死亡，小说是这样写的，"首尔市对女子的死亡负有很大的责任，如果它为市民方便考虑增加人行横道，废弃附近没用的地下通道，女子也许就不会死。"女子在乙支路有些年头的地下通道里被人袭击而死，这是韩国女性经历的真实恐怖案例。就像2016年江南站卫生间杀人事件所警示的一样，韩国女性每一刻都处于暴力犯罪的威胁之下。她们即便不会成为吸血鬼，也在被强奸或被杀的危险下瑟瑟发抖，这篇小说的主人公被设定为比谁都坚强的女子，正是对韩国女性安危现状的诘问。

第二篇是《幸福饼干耳朵》，正如标题所示，这篇小说的奇妙设定是主人公断耳之上长出了饼干，这里需要注意的单词是"幸福"，耳朵变成了饼干居然还能幸福，这是什么意思呢？因为这个耳朵能让我的女朋友高兴，"原来是这么回事"。但是饼干耳朵能带给女朋友幸福只是它次要的一面，这篇作品还包含着更重要的要素，在小说集《孝尽》的第一人称视角短篇中，《幸福饼干耳朵》是唯一一篇以男性为主人公的小说。当今时代的男子气概应该如何体现？用一句话来说，郑作家概括出来的人物范例就是伊斯马尔，首先他是一个面对全方位压力毫不屈服的人物，伊斯马尔决心"不想被混为一谈"。

伊斯马尔独自一人努力在韩国生活，比如他在医院实习时坚称自己是一个独立的个体，而不是阿拉伯国家的一员，这种努力形成了伊斯马尔温柔的男性气质。他为大豆过敏的女朋友做饭、配药，赞赏女朋友揭露公司不正之风的决定，称之为"合理性不和谐"，"哪怕需要用我的耳朵喂她，我也希望她能长胖些。"这份温柔堪称当今最值得期待的男子汉品格的标准。他对告别的女友不加任何形式的污言秽语，也不会用不雅视频胁迫她，只是祝愿她一切安好，他不是拯救公主的王子，只是一位爱女性的男性，尊重人格个体的另一个人格个体。

第三篇《屋顶见》是这本小说集在韩国原版的标题作。主人公本想用秘籍召唤一位丈夫，意想不到的是怪物出现了，它将众人的绝望当作营养变成了长丞，这样的内容让人不禁莞尔。但还有让你笑不出来的描写，"一定要找到它，找到我和姐姐们的故事，我命中注定的爱情，以及神奇的帮我逃离地狱的方法。"也就是说，如果没有《闺中女子秘书》这样奇异的手段，"你"很难从绝望的地狱中逃脱出来，因此真正需要发现的不是秘籍，而是类似阻止女子从公司楼顶跳下去的姐姐们这样的人，是"亲热地聚过来为我分忧解难，帮我捋顺乱成一团麻的日子"的那些人。她们才是让"我"活下来的最根本力量，所以也想传授给"你"，因为每个人都不是孤单的。

"我们是彼此的勇气"
宝妮 ｜ 众所周知，隐热 ｜ 伊玛与沙

需要明确的是，虽然我将以还未讨论的三篇作品为中心阐述郑世朗小说集的共同体思想，但其实共同体思想存在于到目前为止她创作的几乎所有作品中。组织性和共同体思想是不同的，如果说组织性是将形形色色的成员变得整齐划一的权力，那么共同体思想则是形形色色的成员随意联合起来，以难以命名的形式表现出来的变化总和。郑世朗以共同体思想与面临的双重束缚展开了对峙，上文中我们主要论述了父权制统治下打破性别压迫的方式，下面将着重探讨一下反抗新自由主义庸俗性的方法。首先看一下《宝妮》，这篇小说讲述的是宝妮突然去世后周围人——妹妹宝允、朋友奎镇和玛琪的故事。

三人对他人的死亡没有袖手旁观，创办并运营了一个名为"猝死.net"的社交网站，他们觉得对于这些突然撒手人寰的人，"收集这些人的信息再连接在一起，也许会

孝尽

有什么答案吧"，在这一过程中他们发现了猝死的共同原因是"过劳、压力、人格侮辱、恶劣的工作环境、始于竞争终于榨取的行业氛围"。作家没有忽视新自由主义旗号下出现的（非）物化劳动的自我丧失现象，也没有无视虽不属于猝死但"莫名其妙地死了"的人，没有将死亡归结为他们的运气不好，而是找寻其结构性原因，哀悼他们突如其来的离去，并期望通过改变什么来阻止类似死亡现象的再次发生。

只是这件事过于沉重，宝允中途退出了"猝死.net"网站的管理工作，但她仍在倾听着"在我们悲伤的网页上，那些白点纷纷登录的声音"，这虽然起不了什么作用，但表明了对于他人的痛苦绝不麻木的意志。历史专业出身的郑世朗在《众所周知，隐热》中又将这一点与（虚构）历史联系了起来，基于对平凡琐事的关心和执着，她通过细致的描述对隐热集团做出了如下分析，"隐热是悠久的革命精神的继承者、引领时代的女英雄和无政府主义者，再现隐热们独特的泛亚洲友谊应该成为我们这个时代的目标"。正孝在论文中提出了这样的观点，通过国际乐队"众所周知"再现了过去的那段历史。

"历史只属于生活在当时的人"，正孝的这个想法，阿健做了解读，"什么时候我们散了，就算'众所周知'再来其他的成员，但现在这一刻属于我们，谁也拿不走，其他人都没份儿。阿孝说的不就是这个意思嘛！"本雅明的历史哲学命题认为，所谓历史就是抓住像闪光一样消逝的过去影像，"这个意思"与此堪称一脉相承。论文就算不能通过又怎么样呢，正孝把隐热从遗忘中拯救了出来，也解救了隐热的共同体，同时将隐热们的过去作为文学历史与她生活的当下嫁接在了一起。超越时空相遇的人，成为彼此的勇气，也因此郑世朗没有成为研究公众事实的历史学者，而是成了探索个人事实的小说家。

《伊玛与沙》也是如此，这篇小说描写的是小食国和大食国间的和平被打破，伊玛和沙共同挽救了一触即发的危局。他们两人为什么能够调和饮食观念等思考方式完全不同的两个国家间的矛盾呢？因为伊玛和沙不仅仅在自己出生的国度生活过，他们是跨国主义的象征，相反引起战争的湖水和尖峰则是民族主义的象征。这就像是追求个人真实的共同体思想与信奉公众真实的组织性之间的冲突，郑世朗无疑属于前者。伊玛和沙都有过在两个国家生活的经历，他们的彼此理解战胜了固守己方利益带来的误会，小说中倡导的共同体思想是以超越特定民族或性别的充分交流为前提的，是完全开放的。

孝尽

*

　　"平凡琐事破碎后会重组，被赋予新的意义。"

　　　　　　　　　　——阿兰达蒂·洛伊《微物之神》

　　在阅读这部小说集的过程中，这句话一直萦绕在我脑中，两本小说都证明了"微物"比所谓"巨物"能带来更大的反响。坊间一直评价郑世朗的小说琐碎而可爱，但你如果将其理解为不值一提或价值不大那就错了，正如上文所述，她的才华在于"将平凡琐事重组并赋予新的意义"。我虽然从三个方面进行了分析，但郑世朗小说中"微物"的含义要更为广大而深远，我们在不断探究的过程中阅读的兴趣和意义也会得到提高。

　　比如对双重束缚的处理和解读，就很自然地体现了作家的倾向性和女性主义意识，其实本评论各节的标题就是将女性主义的口号稍做加工后引用的。然而令人感到意外的是很多人对女性主义存在着误解，他们只是简单地看过女性主义多种实践流派中的几个观点，就期待着女性至上时代的到来，将女性主义歪曲为对男性的敌视和排斥。《孝尽》一书首先要推荐给这些被偏见误导的人们，如上所述这九篇作品想要表达的是，女性和男性是一个应该从双重束缚中共同得到解放的联盟体。到底我们要将浅薄的物欲崇拜持续到何时，任由不知谁定义的女人味和男子气概的粗俗标准指挥到何时？如果你在提出这些问题的同时，决心改变世界和自己，如果你真的有此想法，那么你就对郑世朗的小说做出了正确的回应。

韩国文学评论家　许熙

孝尽

作家的话

我从短篇小说开始起步，出小说集却晚了许久，将近九年的时间里写了六部长篇小说，之后才结集了这部短篇小说集。我不知道该说些什么，还是来愉快地讲讲这些故事的背后一些琐碎的片段为好。

　　小说通过互联网传播的时代，会收获意想不到的巨大反响，对我来说《婚纱44》就是这样。开始写作的时候我就决定把它发在"句子网络杂志"上，所以还考虑了许久要采取哪种适合手机阅读的形式。我记得自己写得轻松而兴奋，完全没想到短时间内有那么大的阅读量，也因此我和许多人握了手。作品发表几天之后，在会议上遇到的网络杂志从业者、前来采访的众多记者、同时代的无数女性们，我们高兴地握手言欢。但我收获的不只有好评，文学界内部也有很多严厉的批评，认为这压根就不是小说，对此我并没有感到很受伤。能够对既得利益者发起挑战、刺激到他们、让他们不舒服，这才是好的小说，最重要的是我有这样的自信，只要小说家创作时认为是小说，那就是小说。

我非常喜欢《孝尽》，一度想把它作为韩文版标题，但有人说这样的话也许会检索不到，我接受了这个建议放弃了自己的想法。主人公孝尽的原型是我的朋友，大学时我们最为亲近，后来也一起住过，我常写的可爱又充满苦涩幽默的女性形象都来自她。去年获颁的文学奖授奖仪式上，她还带了花过来，当时曾经有过这样的对话——

朋友：您好，我是她大学时的朋友。
B作家：啊，那么您出现在哪部小说中了呢？
朋友：作品中随处可见。
B作家：看来是非常亲近了！

我从旁边走过，听到后真是大笑了一场，她的魅力将来还足够我写上几十年，但至今为止最浓缩的小说还是《孝尽》，所以我写作的时候、修改的时候，都好像有她陪在我身边一样开心。从二十岁第一次相遇开始，她总是最理解我的那个人，只要有她在，我就感到自由，可以不必再期待别人的理解。

我有时不太好意思说自己是学历史教育专业的，知识竞赛节目中出现的历史问题我每次都会答错。但是学习历史过程中掌握的知识对于写小说还是很有用的，《众所周知，隐热》的创作就得益于学习古代韩日关系史时了解到的"假倭"问题，隐热这个名字是喜欢的后辈的号，得到她允许后我借用的。我想努力再现历史，让曾经分明存在过的古人生活在其中。希望可以多创作这样的故事，历史一直是我信任的角落。

《屋顶见》被收录进了很多集子，还被制作成了广播剧，给我带来了很多收益，我写的时候完全没想到会制成广播剧，扮演丈夫的配音演员在一个小时内都没有一行像样的台词，只能发出呻吟的声音……这也许是他扮演的最荒唐的角色了，现在我还想向他表达一下歉意。作品中真实的部分是，在公司上班感到辛苦的时候我和喜欢的人们在楼顶上吃蛋挞的情景。

我以各种方式失去了曾经共事的人，走过逝者的年纪就像经过了某个刻度，而我仍要继续生活下去，偶尔会有点隐隐的恐惧，《宝妮》是为逝去的人创作的。如果你问我答案，我也无力解答，以后恐怕也只能继续受困于这些无解的问题。玛琪是借用的公司里一起吃过盒饭的朋友的别名，我希望看到自己珍惜的人成为老爷爷、老奶奶的样子。

《永远77码》差点代替《梦，梦，梦》成为我的成名作，26岁时写的这部短篇常常令我发笑。那时我正处于失恋加上失业的恍惚状态，凌晨时分突然大叫起来"柿饼是不死之物"，而小说就是建立在这个奇想之上的，现在想来当时处在完全心态失衡的状态，但是偶尔为了柿饼写上80页小说也未尝不可吧？

作为《匿名小说》的策划人之一，我很遗憾地认为这套丛书应该得到更多人的喜爱，它确实汇集了很多优秀的作品，我们没有预料到的是环绕在作家名字上的名气直接影响着销量……那时因为信任策划人而参与其中的作家们，我仍然认为他们是最棒的同行。《幸福饼干耳朵》只是为了隐瞒作家性别而创作的小说，在某种程度上是成功的，很多人确信它是男作家的作品，看到这些笃定的话我非常开心。因为作家的性别而对作品的评价有所不同，这样的事情仍然屡见不鲜，我希望在给女性作家们添加修饰语的时候要慎重考虑一下。此外，创作时正值韩国的政治氛围压抑，也给这部短篇带来了影响，当时网上经常能够看到"就算这样也比中东强"的话，真的强吗？我带着怀疑的态度把主人公设定为了中东地区的男性。主人公的国籍我设想的是约旦，希望什么时候能去看一看。关于写食品过敏，是因为我本人深受青椒和生姜过敏之苦，小说中

孝尽

的注射剂是不存在的，希望所有对食品过敏的人不要灰心，尽量不要接触危险食品。继亨是我一个老朋友的名字，也借用了他爱笑的特点。我很晚才意识到《宝妮》和《幸福饼干耳朵》合在一起就是《五十人》，我只是围绕同一主题一直在从不同角度进行创作而已。

有的小说是为同时代的很多人写的，有的是为一个人写的，《离婚甩卖》就是为了祝贺一个离婚后明显变得健康、变得愉快的人而创作的。这个故事是非写实的，它的设定基于既然存在慢慢放毒的婚姻，就存在解毒的离婚，希望从现在开始所有的日子都是闪亮的。

《伊玛与沙》的创意是我收到的礼物，前面提到的 B 作家是裴明勋，没有谁能像他一样对同行那么无私，从我最初开始创作时慷慨分享信息、提供好机会、受关注的版面等，一直到某一天提供的小说素材。

"你写一个飞箭传书结果两国误会日益加深的故事怎么样？不知怎么觉得你能写好，这个创意送给你做礼物吧。"

这个创意再加上差不多历时两年其他内容的积累，最终形成了小说，也许什么时候还会有个裴明勋作家版的飞箭传书的故事。创作伊玛这个人物，是因为古代的联姻外交也有达不到目的闹僵的时候，我设想了一下牵连其中的女性此后的人生会如何，我的目的是赋予伊玛一个重要的作用，让她作为一个国家的权威人士来力挽危局。沙本来也想设定为女性，但是如果想要强调表面看似平等的大食国却把女性都困在厨房之中，那么沙是男孩子更加合乎情理。这篇小说你可以看作是篇料理小说，也可以看作是战争小说，或者看作是对极简主义和极繁主义的隐喻……偶尔我想创作一部迷宫般的小说，不同的人可以找到不同的出口，《伊玛与沙》就是这样的小说。

感谢朴智英编辑，您给小说增色不少，我还想感谢出版社的其他诸位，是你们让这本书与世界连接在了一起。我想对苏申智作家说，您的解读点明了小说的主旨和创作小说时的孤独，我得说这真的让我哭了出来；许熙评论家，您让我明白了正确的理解和阐释会给予作家多大的力量；还要感谢李彦禧导演，我如此喜欢您，希望能变得像您一样。

还有一直喜欢我的读者们，我想说，我们会永远心心相印。

郑世朗

2018 年 11 月

　　　　　　　　　　　　　　　　　　　孝尽

收录作品发表刊物

众所周知，隐热 ◇《1/n》，2010 年秋季刊

孝尽 ◇《创作与批评》，2014 年冬季刊

婚纱 44 ◇ 句子网络杂志，2016 年 8 月刊

幸福饼干耳朵 ◇《匿名小说》（银杏树出版社，2014）

屋顶见 ◇《文艺中央》，2012 年夏季刊

永远 77 码 ◇《猫生晚景：2010 幻想文学网络杂志，镜子中短篇选》（镜子，2010）

宝妮 ◇ 句子网络杂志，2013 年 6 月刊

离婚甩卖 ◇《现代文学》，2018 年 8 月刊

伊玛与沙 ◇《文学村》，2016 年夏季刊